HECHO
EN SATURNO

RITA INDIANA

HECHO EN SATURNO

OCEANO   HOTEL DE LAS LETRAS

HECHO EN SATURNO

© 2018, Rita Indiana
c/o Schavelzon Graham Agencia Literaria
www.schavelzongraham.com

Diseño de portada: Éramos tantos

D. R. © 2019, Editorial Océano de México, S.A. de C.V.
Homero 1500 - 402, Col. Polanco
Miguel Hidalgo, 11560, Ciudad de México
info@oceano.com.mx

Primera edición en Océano: 2019

ISBN: 978-607-527-876-6

Impreso en México / Printed in Mexico

A Milagros Dottin, in memoriam

Come down off your throne and leave your body alone
Somebody must change
You are the reason I've been waiting so long
Somebody holds the key
Well, I'm near the end and I just ain't got the time
And I'm wasted and I can't find my way home.

Luz de oficina, de consultorio. Luz aguada en una capota de nubes pareja que hundía los hombros del horizonte. Luz blanda, como los zapatos ortopédicos del doctor Bengoa. Blando también el folder en el que el doctor había escrito el nombre de su nuevo paciente, Argenis Luna, quien bajaba de un avión de Cubana de Aviación chorreando un sudor pastoso y frío. Bengoa lo esperaba en la pista, en su arrugada guayabera color champán, con ambas manos en el letrero de tipos bold que había rellenado impecablemente. Al identificar a Argenis se acercó a tomarle el pulso a la vez que miraba su reloj de pulsera, y mientras caminaban por la pista para ir a buscar las maletas se lo presentó a un joven militar que los escoltaba como «el hijo de José Alfredo Luna». Contra el fondo gris de la nublazón las palmas retaban al rayo y la centella; a pesar del malestar Argenis pensó que era hermoso. El aire estaba cargado y respiraba con dificultad, la nariz le goteaba como una llave abierta. Ya frente a la correa del equipaje, Bengoa añadió, dirigiéndose al militar, «mi compadre José Alfredo es un héroe de la guerrilla urbana dominicana y un alumno del profesor Juan Bosch».

Las maletas se asomaron por el redondel de la correa al mismo tiempo que Bosch en la conversación y dieron una vuelta completa sin que Argenis se animara a identificarlas, sin que se animara a interrumpir a Bengoa. Los atributos heroicos que el doctor Bengoa enumeraba orbitaban desde siempre en torno a la leyenda de su padre, y Argenis con ellos, otro satélite más, como las maletas de tela roja en la correa. No tenía fuerzas para cogerlas, repletas como estaban con las cosas que su madre había comprado para equipar su desintoxicación en Cuba. Las señaló con el dedo y se subió la capucha del jaquet para combatir el aire acondicionado y la vergüenza que le daba su obvia debilidad. Llevaba meses viviendo en los sofás de los amigos que todavía lo toleraban; su única propiedad era una mochila Eastpak verde donde llevaba las jeringuillas, la cuchara y un Caselogic con sus cedés. Su madre había echado toda la parafernalia a la basura, excepto los cedés y la mochila en la que ahora llevaba una botella de Ron Barceló Imperial de regalo para el doctor Bengoa y una caja grande de Zucaritas.

El joven militar los ayudó con las maletas hasta el carro. Los músculos de sus antebrazos apenas se contraían por el peso del equipaje. Fingía entusiasmo por el tema que Bengoa desarrollaba y miraba a Argenis de reojo, como si intentara hallar algo del heroico padre en las ciento veinte libras que aquella primavera sumaban los pellejos del hijo.

De lejos, el Lada color ladrillo del doctor Bengoa parecía nuevo; ya dentro, y presa de un escalofrío de los que preceden a la diarrea, Argenis calculó la verdadera edad del carro en las grietas del tablero. Llevaba cuarenta y ocho horas sin heroína y había vomitado en el avión, las azafatas cubanas, con sus uniformes y peinados anacrónicos, lucían tan absurdas como las tabletas de Alka-Seltzer que le ofrecían para aliviarlo. El doctor Bengoa abrió la guantera del carro con un golpecito y de allí extrajo una jeringuilla desechable, algodón, un pedazo de goma y una tira de ampolletas color ámbar que decían «Temgesic 3 mg». La tira cayó sobre el regazo de Argenis y éste notó por primera vez el sucio acumulado en sus jeans. Eran los mismos que llevaba cuando, hacía poco menos de un mes, se mudara a la casa de Rambo, su pusher.

Mientras amarraba la goma en el brazo izquierdo de Argenis para hacer saltar la vena, el doctor Bengoa le explicó los detalles de su estadía, y luego, al meter la jeringuilla en la ampolleta le dijo «es Buprenorfina, una morfina sintética que se usa para sanar la adicción». Lo inyectó allí mismo, en el estacionamiento del aeropuerto José Martí, con la tranquilidad y legalidad que su profesión le permitía y Argenis se dejó hacer como una enamorada mientras taxistas en Cadillacs de otra era iban y venían con turistas de la nostalgia. Argenis había intuido que su cura sería de dolor y abstinencia; sin embargo, allí estaba, aliviado por completo de sus síntomas, sintiendo cómo el químico hacía que las ideas y las cosas perdieran sus aristas, sus filos incómodos, rumbo a La Pradera, una clínica para los turistas de la salud que llegaban a Cuba de todas partes del mundo.

El complejo lucía, por lo menos desde fuera, como un económico resort todo-incluido, de esos que se llenan de familias de clase media en Semana Santa en Puerto Plata. Las paredes del camino hacia la recepción estaban decoradas con afiches de solidaridad comunista; Argenis trató sin éxito de imaginar un hotel como éste en Dominicana. Coloridas serigrafías con mapas y banderas de distintos pueblos del mundo homenajeaban el trabajo médico como un baluarte de la Revolución. En uno, el líquido de una inmensa inyección anaranjada entraba en un mapa de Latinoamérica, Haití era la afortunada vena; en otro momento Argenis hubiera hecho un chiste.

Frente al afiche de la inyección, una señora mayor con acento argentino pedía información a una enfermera sobre la heladería Coppelia y, a su lado, otra mujer más joven, en silla de ruedas, que se le parecía, intentaba ocultar bajo una gorrita de Mickey Mouse la calvicie provocada por la quimioterapia. Haydee, como decía el carnet que la enfermera llevaba pinchado en la camisa, no iba uniformada, pero tenía puestos esos zapatos de goma que sólo llevan los jardineros y los profesionales de la salud. Unos mocasines a prueba de todo que habían venido de fuera, producto de una noche con un europeo o del agradecimiento de un paciente satisfecho.

La enfermera miraba con complicidad sonriente a Bengoa mientras ofrecía detalles históricos de la famosa heladería a las mujeres. Se sacó un pesado llavero de madera del bolsillo con el número diecinueve pintado y se lo extendió al doctor diciéndole «la cerradura tiene un truco» antes de acompañar a las argentinas a abordar un taxi.

El nuevo químico entraba en Argenis al atropellado ritmo de la conversación de Bengoa; un torrente de fechas emblemáticas de la lucha antiimperialista, recetas para batidas profilácticas, trozos de canciones de Silvio, Amaury Pérez y Los Guaraguaos, economía china y estadísticas de béisbol. Tenía la boca seca y las pupilas tan dilatadas que todo a su alrededor lucía como una foto en alto contraste. Se aferró al brazo del doctor para caminar y bordearon la piscina hasta la habitación 19. La habitación, que Bengoa había llamado «un privilegio», tenía vista a la piscina y una puerta corrediza de cristal, frente a la cual, en una mesita de hierro adornada con flores de plástico, dos hombres descalzos, uno en pijama y el otro en traje de baño, jugaban a las cartas. El doctor luchó con la cerradura sin dar con el truco que Haydee les había anunciado mientras Argenis, a través del cristal, hacía un inventario del mobiliario de su nueva habitación. Un abanico de techo, una cama twin y una mesita de noche.

La puerta de Rambo, su pusher, también tenía su truco, para abrirla había que halar al mismo tiempo que se metía la llave. «Déjame intentar», pidió a Bengoa, y éste se hizo a un lado satisfecho con la notable mejoría de su nuevo paciente. Argenis intentó una, dos veces, meneando la llave en el bombín como el rabo de un perro alegre hasta que la puerta cedió y el olor a cloro de las sábanas limpias les dio de frente.

Privilegio; sentía la palabra en su boca, que hacía los mismos movimientos para la ele y la ge que para saborear y tragar una cucharada de frosting. La decía cada mañana tras lavarse los dientes y la cara mientras se ponía el pequeño traje de baño Speedo que su madre había elegido. Luego nadaba un poco, sin mucho atletismo, y daba un par de vueltas en estilo pecho. Bengoa se lo había indicado para estimular el apetito y estaba dando resultados. Hacia las ocho Haydee le traía una bandeja con huevos fritos, pan tostado y café que engullía en su habitación sin poder evitar pensar que fuera de la clínica la mayoría de la gente desayunaba un café aguado hecho de chícharos y borra vieja.

«Cómetelo todo, Argenis», le pedía Haydee con ternura, y se llevaba la bolsa llena de papeles del zafacón del baño para botarla. Argenis se preguntaba si Haydee vivía en La Pradera o si por la noche se llevaba las sobras de los pacientes a su casa. Sus zapatos de goma eran tan higiénicos como discretos y no dejaban ver mucho más allá de la labor que facilitaban. Jamás iban a revelarle lo que Haydee pensaba de los extranjeros con dólares con acceso a lugares y atenciones con los que los cubanos no podían ni soñar.

Según Bengoa, Argenis no estaba en La Pradera por los dólares que su papá le había hecho llegar en una de sus valijas en el vuelo de Cubana, sino por los méritos revolucionarios de su padre, la carrera política de su padre, la órbita en expansión de sus atributos.

Tras el desayuno leía un poco, sentado a la mesita de hierro, de una copia sin portada de *Fundación e Imperio* de Asimov que Bengoa le había traído y media hora más tarde estaba de nuevo en el agua. Con los brazos en cruz, de espaldas al borde de la piscina, hacía la bicicleta con las piernas y veía cómo, poco a poco, el hospital se despertaba, cómo los enfermos surgían de sus habitaciones con pies perezosos. Solía divertirse pensando que aquel hotel era una vieja película que él proyectaba con el movimiento de sus piernas bajo el agua y desaceleraba la bicicleta como si de una manivela se tratara para que las escenas fluyesen a cámara lenta. Siempre lograba el efecto deseado, todos en La Pradera se movían despacio.

Si hacía buen sol, para las diez de la mañana la piscina estaba llena y Argenis se salía con miedo a contagiarse de alguna extraña enfermedad, otra enfermedad, porque Bengoa le había hecho ver que estaba enfermo, que la adicción era una condición y que estaba allí para curarse. Iba a curarse del consumo, porque la adicción como tal no tenía cura. «Tu cerebro siempre va a sentir esa hambre, esa sed de alivio», le había dicho entregándole una cajetilla de cigarrillos. Almorzaban juntos todos los días y fumaban antes y después de la comida, en la mesita de hierro, mientras veían cómo a esa hora le daban terapia acuática a un muchacho rubio con síndrome de Down. Discutían sobre los síntomas de Argenis y luego el doctor regresaba al centro gravitacional de todas sus conversaciones, la Revolución cubana. Bengoa había estado en la sierra con Fidel y había conocido al padre de Argenis durante la Conferencia Latinoamericana de Solidaridad, en el 67. Hablaba de estos eventos con la solemnidad de un predicador, haciendo hincapié en fechas y nombres de parajes perdidos en los que había curado las heridas, las fiebres, las infecciones y el asma de la carne revolucionaria. Cada día, Bengoa extraía una muestra del saco sin fondo de sus anécdotas. La porción de estas memorias era tan precisa como la dosis de Buprenorfina de Argenis, y era evidente que lo llenaban del mismo sosiego que a su paciente su medicina. El recuerdo de aquellos eventos y el recuerdo que de ellos tenían sus sentidos le dilataba las pupilas, le aceleraba el pulso; luego venía el inevitable bajón, que le hacía mirar el agua de la piscina y tirar una última línea, por lo general trágica, con la que disminuir lo forzoso de su aterrizaje.

«Cuando tu papá vino conocí a Caamaño, que estaba entrenándose aquí, para luego inmolarse en Dominicana.» Argenis imaginaba la palabra inmolación latiendo en las venas de Caamaño y de sus compañeros, la oscura euforia que los había hecho desembarcar en un lodazal playero del norte de República Dominicana a tumbar el gobierno de Balaguer en el 73 con sólo nueve hombres. Tremenda nota.

Tras el desahogo histórico diario de Bengoa solían faltar minutos para las cuatro en punto de la tarde, hora en que sin falta inyectaba a Argenis en su habitación. Podía hacerlo frente a la piscina pero éste prefería relajarse en la cama un rato, mirar el abanico de techo o fijar la vista en una calcomanía con la bandera argentina que alguien había pegado en la puerta corrediza de vidrio. Argenis pensaba que la bandera aludía al Che Guevara, pero Bengoa le explicó orgulloso que Maradona había estado en aquella clínica y le mostró la calcomanía como prueba fehaciente de la pasada presencia del astro. La calcomanía se había empezado a despegar y los bordes transparentes habían adquirido, gracias a la suciedad del ambiente, el mismo color ambarino de las ampolletas de Temgesic.

Argenis nunca ha sido bueno arreglando maletas, lo que puede parecer extraño en alguien que estudió Bellas Artes, con vocación de pintor y comprobado talento para la composición, la perspectiva y las proporciones. El ubicar en la tela los objetos del mundo o de su imaginación de una forma equilibrada siempre ha sido en él, aun antes de su entrenamiento artístico, una inclinación natural. De pequeño dibujaba las cabezas de sus compañeros durante la clase de español, que odiaba, y lograba una sensación de realidad tan efectiva que su madre lo llevó corriendo a tomar clases con el maestro Silvano Lora. Silvano había sido compañero de lucha de sus padres en los años setenta y su exilio político durante los doce años de Balaguer era parte del contenido del artículo por el que el periodista Orlando Martínez había sido asesinado. «Orlando Martínez», le dijo Etelvina mientras esperaban a que Silvano abriera la puerta de su taller para recibirlos, «murió para que gente como Silvano y como tú puedan hoy ser libres.»

La madre de Argenis, al igual que Bengoa, es una narradora nata, pero al contrario que el médico, sus recuerdos de esa época nunca la han aliviado, más bien la hacen hablar dolorosa y lentamente, como se bebe un remedio amargo. El orden y la limpieza son hasta la fecha las únicas debilidades que Argenis le conoce a su madre. La última vez que lo recogió en su casa después de su divorcio de Mirta, éste se atrevió a decirle que su afán de pulcritud no era más que un remanente trujillista. Etelvina estuvo tres años sin hablarle, hasta la noche en que, tras sacarlo a la fuerza del apartamento de su pusher, José Alfredo se lo dejó en su casa. Ella le hizo tragar un sedante y él se despertó en el sofá doce horas más tarde con el estómago revuelto por el olor a salami que se freía para el desayuno. Había dos maletas de tela roja abiertas en medio de la sala que Etelvina llenaba con ropa, alimentos enlatados y productos de higiene personal. «¿A dónde vas?», le preguntó Argenis, y ella lo miró contenta de verlo vivo.

Horas antes de que Bengoa lo recogiera en La Pradera para llevarlo al apartamento que había alquilado para él en el Barrio Chino, la ropa de Argenis, que había llegado a Cuba colocada como un buen juego de Tetris, se hallaba esparcida por toda la habitación. Encima de la cama, en el piso, mal metida en las gavetas y mal colgada en la barandilla del baño. Le daba flojera recogerla. Todo le daba flojera. Llevaba las mismas flip flops de goma rosa de casa de su pusher. Los zapatos nuevos, unos mocasines de piel y unos tenis, seguían en la maleta. La segunda maleta, la que contenía comida, latas, Quick, seguía cerrada con candado.

Su abuela Consuelo, la mamá de su padre, había doblado muchas más camisas y pantalones que Etelvina, y no las de sus hijos, buenos para nada, sino porque trabajó como sirvienta durante más de cuarenta años. Al cavilar sobre estas cantidades, Argenis decidió doblar algunas en honor suyo.

Recogió sus cosas, las tiró sobre la cama, y al cont... aquel montón de ropa sucia vio a su abuela como al P... pito, en su diminuto planeta de ropa hedionda y platos cios, luchando contra la grasa ajena, su baobab eterno. La flojera volvió a apoderarse de él, una pereza profunda, un cansancio del mundo en general. Mi abuela ya dobló suficiente ropa, pensó, como si los años de trabajo duro de la negra lo exoneraran a él del mismo. Esa exoneración que había comprado su abuela con su sudor era la excusa que utilizaba para quedarse, los días que duró su matrimonio con Mirta, metido en internet viendo porno y oliendo coca, en aquel entonces su droga predilecta, mientras su exesposa cumplía su horario de nueve a cinco en el Banco Hipotecario.

Sin meter la mano en el bolsillo del pantalón palpó la cajetilla de cigarrillos. El bulto cuadrado bajo los jeans lo serenó un poco. Hizo una gran bola con todo y la echó en la maleta, cerró el zipper no sin esfuerzo y salió a fumarse un Popular. No eran todavía las diez, y tras tres semanas de tratamiento las mañanas se habían poblado de breves pero recurrentes desasosiegos que Argenis calmaba repitiendo en su interior: «Ya falta poco para que llegue Bengoa». De haber estado bajo los efectos del Temgesic por lo menos habría doblado una o dos camisas. El Temgesic hacía interesante hasta la ropa sucia.

Bengoa llegó tarareando un chachachá y marcándolo torpemente con los pies, muy alegre, pero sin el pequeño fanny pack con las jeringuillas, el algodón, el alcohol, la goma y las ampolletas. A modo de saludo, Argenis le preguntó nervioso «¿el tratamiento ya se acabó, asere?», y el doctor, mientras empujaba las maletas hasta el carro bajo un sol que sacaba brillo a su pequeña calva, le respondió

que vas a tener casa propia, te vas a inyectar tú mis-
. Al llegar al carro le entregó una caja con doce ampo-
.as de tres miligramos cada una y aquel ramito de flores
químicas hizo que Argenis bailara unos segundos el chachachá de su doctor.

Durante el trayecto, La Habana lucía gloriosa y desesperada, una vieja de piernas abiertas que mostraba desfacha-
tada sus amplias calles vacías. Calles que recordaban las
de un parque de atracciones, sin automóviles, autobuses o
tranvías. La gente que iba y venía llevaba en el rostro una
angustia que Argenis reconocía como suya, la angustia de
tener que josear todo en el mercado negro como él en Santo Domingo la heroína.

La rutina de La Pradera le había venido bien, se sentía
fuerte, autosuficiente y se decía a sí mismo «ésta es una
nueva etapa». Mientras ayudaba a sacar las maletas del
baúl, se hizo consciente de las ocho libras de masa mus-
cular que había aumentado gracias a los cuidados de Bengoa. Al cargarlas escaleras arriba la renovada capacidad de
su cuerpo lo sorprendió. Como si de otra pubertad se trata-
se, se llenó por dentro de algo parecido a aquella felicidad
incómoda que sintió cuando sus mejillas infantiles comenzaron a poblarse de pelos oscuros. Aquella dispareja barba
que comenzó a salirle a los trece años fue su primer triunfo
contra su hermano Ernesto, quien para aquel entonces, a
sus quince años, ya tenía dos vocaciones definidas, lamerle
el ojo del culo a su padre y hacerle la vida imposible a Argenis. Ernesto era el mejor alumno de su curso, además de su
presidente y ya se le conocían un par de novias. Pero aquel
verano, mientras Argenis ensayaba una afeitada con su madre en el espejo del baño, pues José Alfredo ya los había

dejado por Genoveva, la carita blanca y lampiña de su .
mano mayor era colonizada por el acné más hijo de puta c
la historia, con cuyo rastro de pus y sangre manchó todas
las almohadas de la casa.

A su padre, desde muy joven, le había crecido una barba
espléndida de la que hacía alarde cuando les mostraba las
fotos de su época militante, con un afro sin recortar y gafas
de sol de pasta en una movilización. Era otra persona. Una
persona que desconocía, aun más que Argenis, los oscuros
fenómenos que habrían de convertirlo en el hombre hiper-
tenso, afeitado y permanentemente trajeado que defendía
a su partido en la prensa.

Las capas de pintura de la escalera que conducía hacia su
nuevo hogar cedían por la humedad y colgaban hacia fuera como los pétalos de una enorme flor de funeral. La barandilla en caracol de un bronce decorado con motivos art
nouveau había sido pulida recientemente, aunque aquí y
allá faltaban trozos sacados con segueta por algún ladrón.
Al llegar al quinto piso con el t-shirt empapado, se sintió de
nuevo un hombre y no la sombra que durante los últimos
meses se había cernido sobre la descuidada propiedad de
sus mejores amigos.

Desde la entrada del apartamento podía verse un balcón
de unos tres metros de largo por el que entraba una mag-
nífica brisa. Soltó su equipaje y se acercó para comproba
que la vista, de decrépitos edificios, techos y ropa colga
tenía la misma armonía contagiosa que el resto de La
bana. No era la primera vez que estaba en la ciudad.
92 había ido a un campamento para niños y jóvene
cionarios de toda Latinoamérica. La impresión h
la misma, una desgarradora mezcla de necesida

mado al balcón del apartamento se sintió la humilde
rchea de una grandiosa sinfonía cuyos sonidos, audibles
sólo por el alma, superaban con mucho el aspecto de su
partitura de mampostería colonial, agua sucia e ideología.

Bengoa, con él en el balcón, disertaba sobre la historia
del vecindario, las migraciones chinas, los ancianos que an-
taño fumaban opio sentados a las puertas, cosas que adere-
zaba cuando sentía que se quedaba corto. Luego le hizo un
pequeño mapa con los mejores restaurantes, por si quería
gastar en ellos los únicos veinte dólares que iba a dejarle, y
Argenis supuso que, así como había considerado coherente
confiarle la administración de su medicina, eventualmen-
te el doctor le dejaría administrar el dinero que su padre
enviaba.

Bengoa había equipado la cocina con café, azúcar, pan,
huevos, arroz y un par de papas, cosas que enumeraba
mientras abría los gabinetes con el gesto sonriente de un
mago que muestra el interior de la caja en la que su ayu-
dante será traspasada por espadas. Luego le enseñó las dos
habitaciones y Argenis convirtió una de ellas en su mente en un taller para pintar. Allí se vio, robusto e inspira-
do, dando los toques finales al desnudo monocromático de
una mujer sin cabeza.

«¿Puedo confiar en ti?», le preguntó Bengoa a la vez que
le pasaba un llavero que era una medalla barata de la Virgen de la Caridad del Cobre, y Argenis le dijo que sí, que
claro.

Con esfuerzo esperó a que dieran las cuatro de la tarde,
ora indicada por el médico para inyectarse. Para bregar
a ansiedad ojeaba la ampolleta que reposaba sobre las
estampadas del sofá de ratán de la sala, fumaba un

Popular y tomaba el café que había colado en la greca azul que incluía la cocina. Era el café de uno de los cinco paquetes de Café Santo Domingo que Etelvina le había puesto en la maleta. Cada vez que los veía preguntaba en voz alta, como si su madre pudiese escucharlo, «¿por qué no me pusiste también cinco cartones de cigarrillos?».

Cuando faltaban unos minutos se sentó en el sofá de ratán y colocó sus instrumentos en la mesita del centro. Como no había que darle candela todo era mucho más fácil. Metió la aguja en la ampolleta de Temgesic y llenó la jeringa con la vaina. Se quitó la correa, pues Bengoa no le había dejado la goma, y al ajustarla alrededor de su brazo de algún lugar del edificio llegó la canción «Escapade» de Janet Jackson. Sus primeras notas, extrañas y familiares a la vez en aquel escenario, le hicieron pensar en la obsesión de los cubanos por los sintetizadores ochenteros. Esos teclados decididamente blandos que para ellos son la suma de la modernidad y con los que Phil Collins y Peter Gabriel hicieron millones.

Millones. Con el alivio que trajo la puya saboreó la idea por primera vez. Si tuviese millones compraría la heroína necesaria para el resto de su vida. Manteca de la pureza más cabrona. Viviría tranquilo sin joder a nadie, disciplinado y satisfecho con su ración diaria de felicidad, triunfal como un trabajador de propaganda soviética, con la jeringa en un puño y la cuchara en la otra.

Dice la Biblia que Dios vio solo al hombre y le hizo una mujer con carne de su carne. El padre de Argenis, a falta de poderes sobrenaturales, le mandó un boombox con un cedé player. Bengoa se lo trajo y con él trajo a Susana, «para que te limpie el apartamento». Susana tenía el pelo castaño y rizo, un ombligo perfecto y en los pies unos hermosos deditos con uñas pintadas de morado que asomaban por sus sandalias de plástico. Había traído un delantal de tela barato que se puso de inmediato para atacar los trastes sucios acumulados en el fregadero. El agua y la loza producían sonidos refrescantes en sus manos, sonidos que Bengoa insistía en interrumpir con sus elogios para Sony, la marca del boombox.

«Esto es diseño aerodinámico, Argenis, si no lo quieres me lo llevo», decía con un entusiasmo infantil a la vez que conectaba el aparato a la corriente y metía sin permiso su mano en el Caselogic, que estaba sobre la mesa del comedor, hasta que dio con un disco de Joan Manuel Serrat, que Argenis nunca ponía y que él, al parecer, amaba. Luego el doctor se sentó en una de las mecedoras del balcón y dio un trago de la chata de Havana Club que llevaba siempre en el bolsillo del pantalón, con la que, a escondidas, cortaba sus cafés en La Pradera.

Susana limpiaba la habitación de Argenis con una escoba y un suape que había identificado en la cocina. La escuchaba traquetear en el closet y rezaba por que no encontrara algún calzoncillo sucio fuera de la canasta donde los ponía. Bengoa, de pie frente a Argenis, hizo una mueca de disgusto tras darse otro trago a pico de botella y luego, juntando los labios como para dar un besito, miró hacia la habitación donde Susana trabajaba, miró a Argenis y metió una y otra vez su grueso dedo índice por el cero que había hecho con la otra mano. Sin dejar de hacer el gesto dijo en voz alta para que Susana lo escuchara: «Susana estudió Historia del Arte, Argenis; se van a llevar muy bien».

Más tarde, cuando Susana salió a hacer la sala, los dos hombres se movieron al balcón para que ella pudiese terminar. Bengoa tarareaba a Serrat y Argenis, entre excitado y molesto, estuvo callado hasta que se fueron. Cuando comprobó desde el balcón que ambos se habían montado en el Lada, le dio stop a Serrat, corrió al baño y se bajó el pantalón para inspeccionar la modesta erección que el episodio le había regalado. Eran muchos meses sin deseo gracias a la heroína y se alegraba de ver cómo, a pesar del Temgesic, su pene volvía a la vida. Se tocó para comprobar la dureza de aquel renacimiento y luego se hizo una paja sencilla, sin virtuosismos. Cuando se vino se metió a la ducha, pero no había agua, la limpieza de Susana había consumido toda la que quedaba en el tanque del techo. Se puso los jeans y subió a la azotea para revisar el tanque, para ver si por lo menos sacaba algo para echarse encima con un galón de plástico. El tanque era enorme, de metal, hecho en casa, y estaba pintado de rojo y blanco. Cuando el agua no subía había que llenarlo con una bomba que se conectaba a la tubería de la calle. En Cuba todo demanda una operación. «Esto se hace de noche», le había dicho Bengoa. «Vantroi, tu vecino, tiene la bomba.»

«Van Troi.» Argenis escuchó aquel nombre por primera vez en la casa de playa de Tony Catrain, el mejor amigo de su padre. Eran las vacaciones de Semana Santa y Tony los había invitado a Las Terrenas. Tenían ocho y diez años y su hermano Ernesto jugaba con su padre algo que llamaban «diccionario revolucionario». José Alfredo le había hecho memorizar un héroe por cada letra del alfabeto y sin importar la hora o el lugar, cuando decía una letra mirando a Ernesto éste respondía como un perro que espera una galleta. «Nguyễn Văn Trỗi, guerrillero del Frente Nacional de Liberación de Vietnam», dijo Ernesto aquella tarde, poniéndose de pie como su padre le exigía porque casi toda aquella gente que él tenía que embotellarse estaba muerta. Ernesto lo dijo muy bonito, con uno de aquellos anaranjados atardeceres de tarjeta postal de fondo, pero José Alfredo esperaba el siguiente párrafo sobre el guerrillero y Ernesto no lo recordaba. Ya hacía rato que José Alfredo estaba entrado en tragos con sus amigos y dijo: «este muchacho 'e la mierda siempre me hace quedar mal».

A Văn Trỗi lo agarraron poniendo explosivos en un puente por el que pasaría McNamara, secretario de Defensa de los Estados Unidos, y tras meses de tortura lo fusilaron el 15 de octubre de 1964. Esto a Argenis nunca se le olvida, porque aquella noche, cuando se acostaron en la casita de campaña que Tony Catrain había arreglado para su hijo Charlie, para Ernesto y para Argenis en la sala de la casa, Ernesto lo repetía como si rezara para espantar a un monstruo.

¿Cuántos niños habían sido nombrados con aquellos nombres del diccionario de su papá y Ernesto? ¿Cuántos conocían la historia detrás de los mismos? ¿Les importaba? ¿Había honrado alguno dicha memoria con una acción bélica, con la persecución práctica de un ideal, con un hacer revolucionario? Aquellos niños, marcados por la pasión ideológica de sus padres, ¿quiénes eran ahora?

Los ladrillos pulidos del piso de la azotea y la pequeña tarima de cemento rosa en el centro de la misma añadían color al pintoresco conjunto, del cual el tanque de agua, que recordaba el cascarón de un cohete soviético, era el protagonista. Subidas a un huacal de madera, para que su dueña pudiese asomarse por el hueco en el tope del tanque, y coronadas por unos cortísimos pantalones de jean estaban un par de piernas de concurso. Eran las piernas de una actriz italiana de los sesenta, redondeadas justo lo suficiente, pero todavía muy lejos del paladar de un Rubens. Solamente la batata, gracias a unos zuecos de tacón, exhibía un tímido músculo que arrastraba la mirada por un agradable tobogán hacia los tobillos. El torso de la camarada forcejeaba dentro del tanque como un alienígena con el motor de su nave estropeada; tanto era el forcejeo que, por momentos, las puntas de sus pies se despegaban de la caja que los sostenía y se quedaban en el aire. Sin anuncio sacó el torso, los brazos, la cabeza de allí dentro. Salpicaba agua y buscaba aire con la boca abierta. Llevaba una especie de gancho en la mano derecha y era un fibroso mulato. Iba sin camisa y se pelaba el exceso de agua de los tiesos pectorales con dedos de largas uñas postizas color púrpura. Tenía la espalda típica de un boxeador peso wélter y sus piernas depiladas vistas en este contexto completaban el conjunto. «Ya arreglé el tanque, niño; soy Vantroi, tu vecino», dijo. Argenis hizo un esfuerzo por poner su mano en la de Vantroi, que se la estrechó con una rudeza viril en perfecta armonía con el aspecto resistente del tacón de sus zuecos.

Cuando por fin estuvo bajo la ducha, limpiando los rastros de la paja, de Vantroi y del calor habanero, el breve desasosiego diario antes de la dosis se intensificó. Las mitades del cuerpo de su vecino, los alcoholizados gestos de Bengoa, la gritería perenne tras las miserables paredes y su reciente historia personal alcanzaron matices fatídicos, como si alguien hubiese subido de golpe el volumen a todo lo negativo. Salió del baño secándose nervioso, pensó en lo mal que debía de haberse sentido su madre cuando lo vio aquella mañana con peste a mierda, sin afeitar e incoherente. Tenía taquicardia y se tiró en la cama con los ojos cerrados como si fuese a impedir que las imágenes de los últimos tres años de su vida se vaciaran sobre él como en un inodoro. En la puerta del closet, junto a un afiche del Che Guevara, había un calendario de avena Quaker fijado con una chincheta. Allí juntos, la cara del Che plasmada en gorras y stickers por todo el mundo y el feliz Quakero, eran los extremos de un grotesco yin yang. Por un lado, el ideal socialista convertido en mercancía; por otro, la marca capitalista de contrabando que sostenía a duras penas el funcionamiento biológico de la Revolución. Las páginas de los meses pasados habían sido arrancadas del calendario y los días de abril, el mes en curso, saltaban del naranja del fondo en azul oscuro. En unas pocas semanas se celebrarían elecciones en Dominicana y el partido de su padre, según todas las encuestas, iba a ganarlas de nuevo. Hasta ese momento no se había preguntado por qué su padre se esmeraba como nunca en atenderlo, aunque fuese en Cuba y a través de Bengoa. No tardó en llegar a la obvia y dolorosa conclusión de que José Alfredo lo había enviado a La Habana con menos preocupación por su salud mental que por la salud de su propia vida política. Un hijo tecato es un regalo del cielo para cualquier profesional de la campaña sucia, el tipo de campaña que arreciaba mientras más se acercaban las elecciones. Su padre se había deshecho de su problema y al mismo tiempo le había hecho, a los ojos de todos, un bien. Argenis se acercó, aún desnudo, al afiche del Che y le escupió como si fuese la cara de José Alfredo. Salió a la sala, diciendo en voz alta: «tú eres un hijo de puta, pero yo soy más hijo de puta que tú. Me tienes aquí porque te doy vergüenza, pero yo la estoy pasando nítido con tus cuartos, mamagüevo». Sacó dos ampolletas de Temgesic en vez de una y ensayó en su cabeza la excusa para Bengoa, «necesitaba una dosis más fuerte para evitar otro ataque de pánico». La jeringuilla se llenó completa con los seis miligramos de la vaina y se los puyó contento al imaginar, camino a la estratosfera, que su papá y su mamá veían por un hoyito cómo viraba los ojos poseído por el placer.

Todavía no se animaba a salir a la calle. Todo lo que ocurría al otro lado de la puerta de su apartamento se le hacía extraño y amenazante. Prefería leer *Fundación e Imperio*, el libro de Asimov que Bengoa le había prestado, escuchar sus cedés y limitar sus salidas al balcón, en el que se apostaba como una vieja chismosa, durante horas, para ver el confiado pasear de los demás. Allí aprendió los ritmos íntimos de su vecindario, sus horas convulsas, sus secretos, el catálogo de tonalidades que la luz iba extrayendo de las cosas. La calle bullía como una olla de presión repleta de gestos desconocidos, de bregas y asuntos, de pequeñas violencias, de posibilidad, de eventos que Argenis pretendía poder calcular antes de enfrentarse cara a cara con ellos. Todo lo que necesitaba, Bengoa lo traía. Su pequeña área de acción y sus pequeños desastres, como la falta de agua o luz, cosas también comunes en Santo Domingo, le hacían sentir seguro y tranquilo.

Durante la primera semana se metía en el cuarto que no usaba para dormir, ponía a Lou Reed en el boombox, se sentaba en el piso y, recostado en la pared, convertía aquel espacio, en su mente, en un extraordinario taller. Era, en realidad, el taller de Philip Guston que había visto en un documental, aunque en los bastidores enormes del taller imaginado la pintura que chorreaba era la suya. Por doquier había telas sin pintar y otras a medio hacer. Sobre una larga mesa de madera con tope de metal había varios cubos de plástico repletos de brochas y pinceles, unos en remojo y otros nuevos y secos, boca arriba. Eran pinceles buenos, como los que su padre le trajo para su entrada en la Escuela de Altos de Chavón de su viaje a Francia con Genoveva. «Mirta, pensaba, debe haberlos echado a la basura, porque tras el divorcio yo nunca regresé a nuestra casa a recogerlos.» La mesa tenía un anaquel inferior lleno de latas de pintura acrílica, como la que usaba Guston. Objetos extraños y maltratados de otras épocas, de los que solía comprar en el Pequeño Haití, detrás del Mercado Modelo en Santo Domingo, decoraban las esquinas. Cuando la habitación estaba lista encendía un Popular de este lado de la realidad y contemplaba con los ojos cerrados la pieza que trabajaba en aquel magnífico lugar. En el aire se mezclaban la pintura y el sudor, el olor de las colillas acumuladas, el hollín de la calle.

Debo tener cuidado con estos ejercicios, pensó una mañana, no vaya a ser que esto termine como la beca. Tres años atrás había recibido una beca de unos galeristas en la costa norte, sólo tenía que pintar y acatar los consejos de un famoso curador que habían contratado para guiarlos a él y a dos artistas dominicanos más por el ambiguo sendero del arte contemporáneo. Argenis acababa de divorciarse, estaba dejando la coca, era inmaduro y se creía Goya. Comenzó a jugar con la idea de que en otra vida había sido un bucanero. Imaginaba sus días como tal con todo lujo de detalles y luego los pintaba. Era un proceso muy intenso y atractivo, pero lo que empezó como un juego creativo terminó en una crisis sicótica y lo internaron durante varias semanas en el ala de higiene mental de la UCE. Su madre no fue a verlo y él no la culpó. Para entonces ella estaba ya cansada de sus disparates, sus desvelos y sus obsesiones. Argenis no daba pie con bola. Oportunidades no le habían faltado. No había nacido en un ingenio azucarero como su padre, ni lo habían torturado y deportado como habían hecho con los amigos de sus padres en los años setenta. ¿Qué coños le pasaba?

La segunda vez que Susana fue a limpiar, llegó sola y Bengoa le envió con ella doce ampolletas más de Temgesic. No sabía si lo hacía por descuido o exceso de confianza, porque sólo llevaba una semana en el apartamento y se suponía que tomaba una ampolleta diaria. De todas formas era perfecto, llevaba pocos días con la dosis duplicada y le quedaban dos ampolletas, que con las doce que Susana traía sumaban las catorce necesarias para cuadrar la feliz matemática semanal de su consumo.

Eran cerca de las diez de la mañana y seguía en la cama, pues la dosis del día anterior lo ayudaba a dormir hasta tarde. Susana tenía una copia de la llave, la copia de Bengoa, y se asomó a la puerta de la habitación con una cubeta en la mano. Argenis acababa de incorporarse al oír la puerta de la casa y se limpiaba los ojos con una sensación de descanso muy intensa. «Buenos días, señor Luna», dijo ella, y él le pidió que le dijera Argenis, camino al baño, mientras se rascaba las bolas y olía en el aire la colonia de bebé con que Susana se perfumaba.

«¿Quieres café?», le preguntó la muchacha desde la cocina, y él recordó los cafés que su exesposa Mirta le hacía antes de irse a trabajar por las mañanas, porque habían acordado que mientras ella trabajaba él prepararía su primera exposición individual. En cambio, se metía medio gramo de coca viendo videítos de negros con blanquitas, y una hora antes de que Mirta llegara hacía unos garabatos en una libreta, para tener algo que enseñarle, los supuestos bocetos de una futura pieza «monumental».

Susana le sirvió su dulcísimo café cubano en el balcón, en unas tacitas de porcelana vieja, junto con unas tostadas que Argenis untó con la mayonesa Maggi con la que su madre había bendecido su maleta. Hablaron de sus padres, de su hermano Ernesto, de sus estudios en Bellas Artes. Ella lo escuchaba divertida, sin decir nada de sí hasta que él le preguntó, ya que Bengoa había dicho que había estudiado Historia del Arte, cuál era su artista favorito. «¿De todos los tiempos?», le preguntó nerviosa, como si su respuesta fuera a salvarle la vida, y dijo «Goya», sin quitar la vista de las tostadas y él de los gajitos de mandarina que ella tenía por boca, de las clavículas recortadas por los delgados tirantes de la blusa y de unos pies que había dejado sin zapatos junto a la puerta, al entrar al apartamento. Ese día la ayudó a hacer la cama, a lavar los trastes, y cuando llegó la hora del almuerzo sacó de la maleta una lata de habichuelas que abrió como si fuese una botella de champaña. Al llegar la hora de irse, que coincidía con la hora de la inyección, Susana sacó de su arrugada cartera de piel falsa un librito y se lo puso en la mano. «Es un regalo para ti, Argenis.» Era una especie de guía de la colección del Museo del Hermitage, en ruso, con la portada muy desteñida. Ella se fue sin que él pudiese agradecerle y al escuchar los pasos de la muchacha escalera abajo el corazón se le arrugó en el pecho como un boceto descartado en la mano de un dibujante.

Sentado en la cama de su habitación, mientras preparaba la jeringuilla, vio por la ventana cómo una mujer en el edificio de al lado tendía ropa. Un pantalón rosado, una blusa, unas medias deportivas. Las cosas adquirían un grosor distinto en aquellos segundos que precedían a la puya, la intensa expectativa fundía los materiales y la realidad subatómica se hacía evidente; la blusa anaranjada y la mano de la mujer estaban hechas de lo mismo, partículas indecisas, ideas de cosas. Pensó en la de trabajo que pasan los monjes para sentir algo parecido.

En el sopor de las primeras horas de la nota, hojeó el librito de Susana hasta la saciedad, como si en aquellas páginas hubiese un mensaje secreto, un mensaje que él tenía que descifrar. Tras mucha especulación cerró el regalo, notó el sucio bajo sus uñas y fue al baño a limpiárselas con el cepillo de dientes y una gotita de champú. Cuando estuvieron listas se afeitó la barba, que no cortaba desde que había llegado al Barrio Chino, y luego siguió con el pelo de la cabeza. Llevaba un afro corto, que tuvo que bajar primero con una tijerita que su madre le había metido en un neceser de plástico transparente junto a otros productos de higiene personal. Luego se rapó completo, no sin herirse ligeramente un par de veces. Mientras se repasaba la nuca con la navaja Bic de plástico verde, sintió algo del placer que su vieja sentiría imaginándolo usar aquellas cosas con cierta regularidad. Lavó los puntitos de sangre y se untó el aftershave Old Spice, la marca preferida de su padre, tanto en la cabeza como en la barba.

El trajín de la afeitada en aquel baño sin ventanas lo había hecho sudar y decidió darse una ducha. El agua estaba fría y contó hasta tres antes de dar el primer paso, cerró los ojos y le vino el recuerdo de su abuela Consuelo, sentada en la banqueta de la cocina de la casa donde trabaja, limpia el arroz en una ponchera y le enseña cómo sacar con dos dedos las piedras, las cascaritas, los granos podridos. Argenis abrió la maleta de la ropa, todavía no se animaba a poner las cosas en gavetas, y sacó un pantalón kaki marca Dockers y una bolsa de camisetas Fruit of the Loom. La ropa nueva le quedaba bien y desprendía la esencia mágica de la mercancía americana en Cuba.

Fue hasta el cuarto donde imaginaba su taller y allí también puso a Susana, sentada en una banqueta de madera, con las piernas cruzadas como la había visto hacer. Compartía un cigarrillo con él y él se atrevía a acercarse, a hablarle tiernamente y darle un beso.

Así deben darse banquetes en su mente los cubanos, pensó, comidas con aperitivo, entrada y postre, en mesas abundantes, hechas de ganas. La diferencia es que ellos lo hacen por necesidad y yo por cobardía.

Le daba miedo pintar en el mundo real, fracasar, otra vez, salir a la calle, ser juzgado, aceptar que había sentido algo bueno por Susana y hacer algo al respecto. Abrió la puerta con el corazón a mil y bajó los escalones de tres en tres, hacia el exterior, hacia la calle, a la arriesgada velocidad con la que de niños corremos colina abajo sabiendo que de parar nos romperemos los dientes. La noche se había tragado lo feo y lo que la escasa luz de postes aislados revelaba eran instantes de sublime belleza. Fragmentos de arquitectura, trozos de estilos recortados como un collage sobre una cartulina negra.

Cogió norte por la calle Campanario, dejándose llevar por el mapita del barrio que Bengoa le había hecho. Ni su ropa sencilla, ni sus chancletas, ni la oscura piel heredada de su padre delataban al extraño turista que esa noche caminaba todavía aprensivo por las calles de La Habana. Los restaurantes se encontraban a la derecha, pero no quería gastar el poco dinero que tenía y siguió, sin saber cuántas cuadras lo separaban del mar, con la certeza que compartía con todos en Cuba de que, tras un determinado número de pasos, no importa en qué dirección, se alcanza siempre la orilla.

La garganta se le llenó de pronto con las partículas de salitre que viajaban en el viento, y al llegar a la calle Virtudes creyó escuchar los golpes de las olas en el acantilado, pero era el ronroneo de un Buick negro oculto en la sombra. Su dueño intentaba ponerlo en marcha con una pequeña linterna apretada entre los dientes. No había niños, ni negocios a la vista, algunos hombres sin camisa se asomaban apoyados en portales oscuros como boca de lobo, y de otros portales, encendidos por la luz eléctrica y la conversación, surgía la risa de gente mayor, música pop latina y un leve olor a aceite de freír. Los golpes del salitre en la brisa se intensificaron, tanto que humedecieron su camiseta, el vello de sus brazos y sus mejillas. El Atlántico metía sus manos en él como un amante delicado, atrayéndolo hacia el Malecón, hacia el borde de la tierra. Al llegar a su destino, vio sentadas en el muro a varias parejas que compartían largos besos seguidos siempre de un secreto o un chocar de frentes; al otro lado del muro, en el arrecife, un hombre de barriga prominente pescaba con un hilo.

Se sintió en su elemento. Se sintió, al menos por un momento, agradecido con la vida. No con su padre, cuyas atenciones siempre tenían subtítulos, sino con la vida y con la

45

oportunidad, que imaginaba todavía tenía, de librarse definitivamente de su dependencia de los opiáceos. ¿Cuándo acabaría el tratamiento?, debía preguntarle a Bengoa. ¿Sabía Susana que él era un adicto? ¿Cuál era su relación con el doctor? ¿Tenía novio? ¿Qué hacían sus familiares? ¿Tendría algún chance con ella? Una tras otra las preguntas brotaban de su interior con la asiduidad del ir y venir de las olas. De repente, fueron tantas y tan continuas que se sintió mareado. Se recostó bocarriba en el muro y vio cómo el viento barría de nubes el cielo para dejar sola, en su centro, una flamante luna amarilla.

Susana regresaría en unos pocos días, suponía Argenis, y por entretenerse entró de manera natural en una agradable rutina que hacía más llevadera la espera. Después de desayunar un café y una tostada con mayonesa salía a dar una caminata con el libro de Asimov en el bolsillo trasero de los jeans. Era una edición de papel muy vieja y tenía cuidado al sacarla para que no se le escapase alguna hoja suelta. Camino al Malecón le sorprendían las paredes y los postes sin publicidad, porque más allá de la anacrónica propaganda del gobierno, La Habana era una ciudad desnuda y las consignas y los héroes pintados lucían rústicos e ingenuos como los tatuajes hechos a mano en los brazos y la espalda de un preso.

La pintura de los mismos casi siempre era reciente y en muchos casos hasta fresca, aunque se notaba en las líneas que el diseño era viejo y que la brocha sólo había venido a retocarlo. Se preguntó si la afanosa permanencia de aquellos letreros era inversamente proporcional a la fe que en ellos le quedaba a la gente. Qué pensaría su padre, el José Alfredo Luna actual, de todo esto. El tiempo había extraído aquellas consignas de su boca como muelas picadas para sustituirlas por el buen diente con el que él y sus compañeros de partido consumían mariscos y Black Label todos los días. Cuando Argenis era pequeño su padre utilizaba esas consignas para finalizar ciertas ideas y a modo de saludo. «Hasta la victoria siempre», era su favorita. A su hermano Ernesto le había hecho memorizar, además del diccionario de héroes revolucionarios, la carta de despedida del Che Guevara a Fidel de donde salía aquella frase, su frase más famosa. Su hermano la recitaba con un fervor aprendido, con el que ordeñó a sus padres durante años. José Alfredo no tuvo tiempo de enseñarle a Argenis estas cosas, ni él ganas de aprenderlas. Le parecían aburridas, misteriosas y completamente ajenas a él, como los rezos a San Miguel Arcángel que la abuela Consuelo cantaba con las manos posadas en su cabeza. Ambas eran para Argenis liturgias de un lejano planeta.

Se sabía un analfabeto en la extraña atmósfera comunista, daba lentísimos pasos sobre la superficie ideológica, interesado más que nada en los efectos de la misma en la gente, las pequeñas manías, las implosiones oblicuas en los ojos por la desesperación silente.

Años atrás, cuando todavía perseguía una carrera como artista, había odiado lo que llamaba «el oportunismo cubano». Entendía que la Revolución y el consiguiente embargo estadounidense eran un issue interesante que los cubanos explotaban como artistas. Que la facilidad con que podían pedir asilo político era una injusticia. Que las redes que creaban cuando lograban salir de Cuba para dar a conocer y distribuir su trabajo eran una mafia cubiche. Todas patrañas producto de su envidia. Porque eran y seguían siendo, a pesar del deterioro, y de una oximorónica manera, el verdadero y único Nueva York del Caribe, el París de las Antillas, la Nueva Delhi de las Indias Occidentales. Se lo comía la envidia, envidia de sus deliciosas elocuencias, de su Wifredo Lam, de su Gutiérrez Alea, de su Lecuona y de su Alejo Carpentier, envidia hasta de su hambre y de sus sufrimientos.

En algunas calles de su paseo matutino, tras detenerse varias veces a pedir direcciones, la gente empezaba a reconocerlo. Su acento dominicano les parecía gracioso; «pareces de Santiago», decían, y Argenis sabía que pensaban que los de Santiago hablaban mal con cojones. A pesar de la crujía la gente tenía fuerza para la música, que brotaba de las casas en boca de reggaetoneros, baladistas y salseros al patológico volumen en que estas cosas se escuchan en el Caribe.

Sentado en el Malecón, leía unas pocas páginas de su destemplado libro hasta que una colegiala escapada desviaba su atención hacia sus piernas de mujer con zapatos de niña, o hasta que la brisa en un descuido se llevaba una hoja y lo hacía correr unos metros para alcanzarla. Entonces caminaba hasta Galiano y tras descansar unos minutos frente al hotel Bellevue recorría hacia el sur las diez cuadras de vuelta al Barrio Chino.

Llegaba a la casa muerto de hambre, ponía un disco de Cream mientras preparaba una taza de arroz blanco, que comía con kétchup. Se tomaba otro café, se fumaba un Popular y, tirado en el sofá de la sala, en las horas que le quedaban para puyarse, planificaba los paseos que daría con Susana, los discos que iba a ponerle, a cuál de todos los restaurantes chinos del barrio iba a llevarla.

La aguja plástica del reloj de pared y la aguja con su dosis diaria de seis miligramos entraban en las cuatro de la tarde y en su brazo al mismo tiempo. Bajo los efectos del

Temgesic no necesitaba entretenimiento. Escuchar un disco completo de King Crimson sentado en la mecedora del balcón era suficiente para sentirse pleno el resto del día. A veces dibujaba en su mente. Líneas en fuga inspiradas en la música. Objetos abstractos que formaban las melodías. Ondas que se repetían al ritmo de la percusión. Extrañaría esta creativa quietud cuando la puya saliese definitivamente de su vida.

Cuando al séptimo día de su visita ni Susana ni Bengoa ni su medicina aparecían, el paisaje de su plácida rutina se llenó de nubes negras. Le quedaba una dosis, es decir, dos ampolletas de Temgesic y al otro lado del consumo de las mismas, el atroz abismo. No conocía el malestar de la abstinencia del Temgesic, pero por la similitud de los efectos de la droga imaginó que serían parecidos a los de la heroína. Entendió que Bengoa le había dado ampolletas de más por si no venía y él, por supuesto, se las había metido todas. Rezó para que Bengoa viniera con una fe intensa y desechable de la que hacía uso cuando se sabía jodido. Se metió la aguja nervioso, haciéndose un poco de daño, pero ni la forzada tranquilidad del químico logró serenarlo por dentro. Bengoa le había dejado un número para que lo llamara si pasaba algo, pero tenía que pedirle a un vecino el teléfono prestado y no sabía cómo explicarle al doctor que se había subido la dosis sin preguntarle.

Quizás ésta era su oportunidad. Dejar la vaina. Dejar el Temgesic. Limpiarse. Aguantar como un macho los síntomas. Ya no estaba enganchado a la heroína, pero estaba claro que ahora había una mano igual de fuerte alrededor de su voluntad. Quizá podía conseguir Temgesic en la calle, quizá si no aparecía el Temgesic podía conseguir un poco de heroína. Tenía veinte dólares y mucha experiencia haciendo preguntas extrañas en barrios calientes. Ya se veía con un placer sin culpa pegándole fuego a la cuchara. Quizás era el destino. Después de todo, nunca había querido dejar la heroína. Lo habían secuestrado, lo habían obligado. Estaba listo para salir a capear, junto a la puerta, cuando vio sobre la mesa del comedor el pote de kétchup que Etelvina le había puesto en la maleta y con el que daba sabor al arroz de sus almuerzos.

De pequeño, aquella salsa roja era lo único que le hacía comer. Era el camuflaje con el que su madre disfrazaba el sabor de los huevos, los tostones, el repollo, las habichuelas. Argenis era entonces un esqueleto inquieto con el estómago cerrado que sólo consumía de buena gana salchichitas y leche con Quick. Su hermano Ernesto tenía el apetito de su padre y cuando Etelvina se daba por vencida añadía a su plato las eternas y abundantes sobras de Argenis.

El olor del apartamento de su madre en Santo Domingo llegó a La Habana, era el olor de una cocina siempre activa, el olor a papel de los exámenes sin corregir de sus estudiantes y el olor del Anaïs Anaïs con que se rociaba la ropa antes de salir a trabajar. Como un lapicero de tinta roja la botella de kétchup Baldom había trazado una línea directa hacia la atmósfera de aquellos años, justo antes del divorcio, cuando Etelvina trabajaba como una cabrona dentro y fuera de la casa para mantenerlos a Argenis, a su hermano y a José Alfredo, quien estaba a punto de largarse con Genoveva.

Sintió en los huesos el cansancio de su madre aquellas tardes, la recordó fregando los trastes con lágrimas en los ojos, con oscuras manchas de sudor en los sobacos de su conjuntito sastre. Mientras él se sacaba de la boca y escupía en el plato la cena que ella venía a preparar en un hediondo carro público, durante el break entre dos clases de la universidad. Lo embargó algo parecido a la empatía, a la tristeza o a la responsabilidad y supo que su madre había extendido el campo de su influencia y lo había tocado, en forma de kétchup, con el pote exprimible marca Baldom que había puesto en su maleta. Le había inyectado algo de su paciencia, la misma que allá, en aquel lejano pasado, ella sacaba de debajo de las piedras para no pegarse un tiro en la cabeza. Decidió esperar al día siguiente para tomar una decisión y pasó la tarde en el balcón terminando el libro de Asimov, que el buen mojón deja inconcluso para que uno tenga que comprar el próximo.

«A sere, esto es comunismo. ¿Tú crees que yo saco esas ampolletas de un tanque sin fondo?» Bengoa le llamaba la atención por el error cometido, por los Temgesic extra consumidos, por los problemas que esto iba a traerle, de rodillas frente a la funda de basura de la cocina, buscando en ella las jeringuillas usadas y las ampolletas vacías para confirmar los detalles de la confesión de Argenis.

Todo aquello estaba muy lejos de sus estúpidos planes con Susana, que limpiaba la cocina mirando el suelo mientras el doctor lo pugilateaba. Si ella no lo sabía, Bengoa se lo había revelado. Argenis era un tecato. Tremendo tecato. Tan tecato que se había enganchado a la medicina para desintoxicarse. Como si no fuese suficiente, al verlo cabizbajo jugando con la azucarera en la mesa del comedor, Bengoa cambió el tono y le habló como a un niño. «Argenis, mijo, tienes que aprovechar esta oportunidad, piensa en tu papá, que está invirtiendo dinero en ti, no puedes quedarle mal.» Argenis pensó decirle lo que opinaba de su padre, pero no le convenía. Quería que el doctor se fuera, pero tampoco quería quedarse solo con Susana. «De ahora en adelante vas a venir a mi casa a inyectarte, todas las tardes, a las cuatro de la tarde.» Le dejó las dos ampolletas que le tocaban ese día y volvió a meter las que había traído en su fanny pack. Señaló una bolsa con avena, leche en polvo y repollo que había traído y le dijo «dile a Susana que te haga un mapa para llegar a mi casa» antes de marcharse sin despedirse, ni dejarle dinero.

Tan pronto se fue Bengoa, Susana se asomó a la puerta de la cocina y dijo «no le hagas caso a ese comepinga». Escarbó el contenido de la bolsa de alimentos que el doctor había traído con el ceño fruncido, como si dentro hubiese mierda. «A él le están pagando para cuidarte, Argenis, no para avergonzarte.» Tiró la bolsa y sus contenidos sobre la mesa y no se parecía en nada a la que había corrido sonrojada escaleras abajo la semana anterior tras darle el libro. Le preguntó «¿qué es lo que tú sientes con eso que usas, qué es lo que te gusta?». Nadie le había hecho esa pregunta. «Me siento bien», le dijo Argenis, «cuando me puyo no necesito nada.»

Ella no tenía consejos que darle y lo miró vacía de juicios, como si le hubiese dicho el tamaño de la camiseta que llevaba puesta. Se levantó, se recogió el pelo en una cola y regresó a la cocina. A los pocos minutos silbaba el café y lo bebieron con tostadas untadas con una mantequilla de maní que Argenis abrió para ella. Luego le puso a Crosby, Stills & Nash y le encantó casi tanto como la mantequilla de maní. Susana le habló de cosas que había visto en el camino, banales como las que cuentan las madres para hacernos olvidar el dolor tras un raspón en la rodilla, y Argenis espiaba su cara tras la pista de algún desprecio en su empatía. Pero Susana no era así. Venía de una realidad a años luz de la suya, en la que su adicción era un fenómeno más y no un escándalo.

Mientras Argenis recogía los trastes del desayuno, que Bengoa le pagaba a Susana para que lavara con el dinero de su padre, le dijo que no quería que limpiara más y la invitó a dar un paseo. Sin pensarlo dos veces ella se colgó la carterita, se puso las sandalias y bajaron los cinco pisos en un silencio incómodo que Argenis interrumpió al llegar a la calle para ofrecerle un cigarrillo. Hicieron la ruta que Argenis hacía todos los días hasta el Malecón y ella le contó que su papá se había ido a la Florida en el éxodo del Mariel, jamás había vuelto a saber de él. Susana había estudiado Historia del Arte porque, aunque amaba las artes plásticas, no tenía ningún talento para el dibujo. «La mayoría de los artistas actuales tampoco», le dijo él y ella rio con la boca abierta, ahogándose un poco, echando la cabeza hacia atrás como una niña pequeña. Como si en el interior de su risa se le hubiese revelado algo sobre Argenis, se detuvo de golpe y le preguntó «¿por qué ya no pintas?».

«La pintura está quedá», le explicó él, «ahora la gente quiere juguetes japoneses, loops de videos en veinte pantallas, mujeres que se metan alambres de púa por el culo.»

La risa retornó y luego, otra vez con cara seria, Susana le dijo «entiendo lo del público, pero ¿y el placer?». Se refería al placer de pintar. Al placer de untar un pincel, de untar la tela con el mismo, de mojar, aplastar, esparcir, rellenar, de oler aquello que va cobrando vida, no sin esfuerzo físico, en el bastidor.

Extrañaba los días de la escuela de Bellas Artes, cuando vivía en un caluroso taller frente a la Catedral que su madre había logrado que José Alfredo le alquilara. Extrañaba los hermosos rituales que precedían a la pintura en sí. Las visitas a la tienda de Chinconchan, un tugurio asfixiante con rollos de papel hasta el techo. La parada en el taller del ebanista, en Santa Bárbara, que le montaba unos pequeños bastidores con los trozos de madera que le sobraban. Extrañaba las cervezas heladas y las anécdotas que compartía con pintores ya ancianos en la cafetería El Conde. Pero más que nada extrañaba sentirse esperanzado, bendecido por un talento que se manifestaba de forma continua, durante sudorosas sesiones, y que sus maestros de la estancada escuela de Bellas Artes aplaudían. Eso fue antes de llegar a la Escuela de Altos de Chavón donde aprendió que la pintura llevaba varias décadas fuera de moda y que para muchos de sus compañeros era una artesanía en desuso, como el macramé.

«¿El placer?», repitió Argenis para ganar tiempo, y luego, a modo de respuesta, le preguntó «¿el placer sin los otros?». Ante su pregunta Susana hizo el mismo gesto que le habían merecido el repollo y la avena de Bengoa y le dijo «en ese tema, el experto eres tú».

El resto del camino al Malecón Argenis fue un remolino de ideas. Pensaba en la heroína, el paradigma de la gratificación individual. Había sacrificado todo. Familia, trabajo, salud, por eso. Pero pintar, algo que lo había hecho feliz desde niño y con lo que no hacía daño a nadie, le aterraba. O mejor dicho, le aterraba hacer algo que no tuviese salida, algo atrasado, le tenía miedo al rechazo, a la burla, a la crítica. Eran los miedos de un niño con zapatos viejos de los que sus compañeros se burlan. Pensaba estas cosas y Susana hacía un extraño silencio, como si pudiese leer el efecto de sus palabras en él, como si tuviese acceso a su proceso mental y con una mano invisible lo guiase hacia la conclusión más productiva.

Antes de cruzar la avenida para sentarse en el muro del Malecón se detuvo a mirarla. Un viento grande desordenó algunos mechones de su melena en la cara. El salitre humedecía el asfalto y las paredes, se respiraba yodo. Un mechón de pelo se le coló en la boca y Argenis aprovechó que ella se lo sacaba con una mano para tomarle la otra.

Pensó en las peleas de Dragon Ball Z en las que la onda expansiva producida por los golpes de los Super Saiyans destruye varios planetas a la redonda. Su mano entrelazada con la de Susana durante los segundos que tardaron en cruzar los seis carriles del Malecón tuvo, en el universo de Argenis, el mismo efecto devastador. Ya del otro lado la soltó para evitar que la descarga los reventara y le preguntó si quería ir a Coppelia a comer un helado, como si nada hubiese pasado, cosa que ella, tan consternada como él, agradeció diciendo que sí con la cabeza, mientras detenía un cocotaxi para ambos.

Comieron sus helados en una mesita parecida a la mesita de hierro de La Pradera; la mención de dicho parecido le permitió a Argenis llenar el cráter que la unión de sus manos había dejado en la conversación con datos insulsos sobre su estadía en la clínica. Datos que soltaba sin levantar la vista de las bolas de helado, que bajaban cual rastrillos por su esófago, porque se acercaba la hora de su dosis y a su habitual ansiedad se sumaba la posibilidad de un encuentro cercano con Susana. La vio meterse la cuchara en la boca, saborear los residuos en la misma tras haber vaciado su fuente y supo que iba a hacer lo que fuera por metérselo. «¿Nos vamos?», le preguntó ella leyéndole el pensamiento, y él, sin regatear con el taxista, gastó los diez dólares que le quedaban para llegar a su apartamento.

«Mujeres que tienen el coño de azúcar», así las llamaban los viejos pintores de la cafetería El Conde durante las conversaciones sobre arte, sexo y política que se llevaban a cabo todas las tardes a la hora de su salida de la escuela de Bellas Artes en los noventa. Mujeres que despiertan las papilas gustativas que tiene el glande y hacen que uno pruebe esa exquisita miel con la lengua en la que se convierte el pene por unos minutos. Mientras penetraba a Susana por primera vez sobre la mesa del comedor, Argenis elevó una plegaria por aquellos honorables sabios, elevados ahora, tras el hallazgo de dicha mujer, a la categoría de profetas.

L a casa de Bengoa, en La Habana Vieja, era un pequeño palacete del siglo XIX con muebles que habían
sido nuevos en los cincuenta. El doctor tenía colga-
dos unos bodegones sin enmarcar, pintados por algún me-
diocre estudiante de su familia, que abarataban el estilo
neoclásico de la vivienda. Del techo de la sala pendía una
lámpara de cristal de la que llovían trocitos de óxido y esca-
mas de pintura todo el tiempo. Bengoa se había divorciado
y, cuando sus hijas no estaban, torres de trastes se acumu-
laban en el fregadero. Su única labor higiénica la merecía
su automóvil y el poco pelo que le quedaba en una cabeza
que se perfumaba en exceso.

En su primera visita, Bengoa le dio un tour por la vivienda. La sala y el comedor eran enormes, de altos techos de
quince pies y pisos de loseta criolla decorada con geome-
trías en verde y amarillo. Dos columnas jónicas pintadas
pobremente de azul sostenían el arco que separaba ambos espacios. Por otro arco sobre columnas, a un lado de
la sala principal, se entraba a otra sala con alfombra per-
sa y muebles de estilo árabe, colocados con el frente hacia
un hermoso mueble de caoba que albergaba una enorme
colección de discos de música clásica. Aunque los discos

lucían igual de polvorientos que el resto del mobiliario, Argenis supuso que los escuchaba, pues la tapa del tocadiscos estaba abierta y dentro había uno con la *Pastoral* de Beethoven.

Un largo pasillo conducía hacia tres habitaciones de enormes puertas de madera trabajada que Bengoa no se molestó en abrir y, al final, hacia un patio interior con un espacio independiente que él llamaba su consultorio y que en la juventud de la casa había albergado a los sirvientes.

Allí Bengoa tenía un escritorio, dos sillas plegadizas de metal, un mueble con puerta de vidrio y, en la pared, un afiche con el *Saturno devorando a su hijo* de Goya, un souvenir del Museo del Prado cuyo nombre llevaba en el borde y que Bengoa había traído de su único viaje fuera de la isla. Argenis se mareó un poco y se lo dijo a Bengoa para que apurara la operación. El doctor abrió el mueblecito con una pequeña llave y sacó dos ampolletas de Temgesic. La tarde estaba fresca y después de inyectarlo Bengoa lo invitó a tomar un jugo de naranja en su patio, junto a las ruinas de una fuente de piedra, luego propuso un juego de damas chinas que Argenis aplazó para el día siguiente porque Susana lo esperaba.

Como en esas películas en las que se hace cross-cutting de la acción del personaje principal a los fragmentos de una pintura clásica, yendo y viniendo para crear suspenso o incluso terror, durante el trayecto a casa el hambriento Saturno de Goya alternaba en la cabeza de Argenis con las imágenes del mundo real. Conocía aquella pintura al dedillo, Goya era su apodo en la escuela de Altos de Chavón. ¿Qué tecla había tocado en él el famoso retrato del Padre Tiempo?

Al llegar al apartamento, Susana freía unas papas en la cocina y él le contó lo que le había sucedido. Ella sacó las papitas con una espátula y las dividió equitativamente en dos platos en los que ya había un huevo frito. Mientras comían, Susana le dijo que Goya había pintado su Saturno en una pared de su comedor, en la Quinta del Sordo, una de sus últimas viviendas; Argenis recordaba algo de aquello, pero no la interrumpió porque Susana lo decía todo con una familiaridad muy agradable. «A finales del XIX la levantaron, junto con las demás pinturas negras, y la trasladaron a tela.» Luego, con la boca llena, Susana le explicó el proceso: «fijaron la pintura de la pared en un papel de seda japonés con una cola muy delicada y de allí arrancaron luego la capa pictórica y la pegaron al lienzo». Sus palabras salían de forma orgánica, pero con un tono distinto, y Argenis intuyó que no había leído aquello en un libro o en el internet, lo había recibido de los labios de uno de sus maestros.

Cuando Argenis tenía seis años Tony Catrain, el mejor amigo de su padre, le regaló un libro titulado *Mitos y leyendas*. Era un enorme libro de pasta amarilla con delicadas ilustraciones en acuarela de los dioses y héroes griegos y romanos. Aquel libro lo acompañó hasta la escuela de Bellas Artes, donde algún mamagüevo se lo robó junto con el bultito donde ponía su almuerzo. En él leyó por primera vez la historia de Cronos, Saturno para los romanos, quien, como la gran mayoría de los dioses y héroes antiguos, recibe una puñetera profecía en la que uno de sus hijos ha de destronarlo. Para evitarlo se traga a los niños tan pronto nacen. Su esposa, desesperada con la macabra barbacoa, esconde a su sexto hijo (Júpiter/Zeus) en una isla y en su lugar le da a Cronos una piedra por almuerzo. Ya adulto, y apoyado por una conspiración cósmica, Zeus le da un vomitivo a su padre del que salen enteritos todos sus hermanos.

Susana, cuyos conocimientos mitológicos eran menos rudimentarios que los de Argenis, lo ilustró sobre el atributo principal del dios, la hoz, mientras tomaban café en el balcón. En el fondo sonaba «I'm Your Captain» de Grand Funk Railroad, que Argenis había puesto en la mañana y que ella le pidió repetir. «Saturno castró a su padre el Cielo con la hoz; la hoz es el tiempo, que define nuestra dimensión, la conquista de los movimientos celestes con la que se administra la cosecha aquí en la Tierra.» Sus palabras ya no calcaban las de un maestro, ni eran líneas memorizadas de un libro, eran suyas, improvisadas a partir de un hermoso talento poético que Argenis adjudicaba tanto a su capacidad personal como a las coordenadas de su lugar de nacimiento. A los pocos días le pidió que trajera sus cosas y ella se apareció con una maleta muy vieja de fibra beige que, tras vaciar, Argenis colocó de adorno en la habitación que algún día convertiría en taller.

Aquellas primeras semanas Argenis sintió cómo las diminutas semillas de lo bueno en él se estiraban para acercarse al sol de Susana. Adoraba conversar con ella, tanto como chingársela, cosa que hacía por las mañanas, porque en la noche, debido al Temgesic, su pene no servía para mucho. Tras el polvo salían a caminar y Susana lo entretenía con detalles históricos y estéticos sobre su entorno, sobre los exuberantes edificios coloniales y sobre los gélidos monumentos revolucionarios, sobre la edad de las ceibas, las brujerías en tiempo de guerra, las razones detrás del nombre de una plaza o el título de un son centenario. Susana sacaba una radiografía emocional a la ciudad y Argenis intentaba divisar en ella las manchas del desencanto. Un día, mientras preparaban una sopa de plátanos, Argenis le preguntó «¿por qué no matan a Castro?». Ella palideció, como si el mismo Castro los hubiese escuchado y estuviese de camino a comérselos vivos. Se sentó en el sofá de la sala y muy quedo le dijo «ya no sabemos qué creer». Se quedó allí con los ojos aguados mirando la mesita de centro hasta que la sopa estuvo lista y Argenis se arrepintió de haber abierto esa puerta, se sintió frívolo e ignorante, como esos turistas americanos que dicen ándale ándale como Speedy Gonzales cuando están borrachos en un país latinoamericano.

Después de la comida ella le leía fragmentos de *Paradiso* de Lezama Lima en la cama y él descendía hacia una siesta de una hora por aquellos abigarrados escalones. A veces soñaba con Santo Domingo, con el bullicio y la basura, que Rambo, el pusher, llegaba a La Habana vestido de rojo y le traía una heroína afgana de tres pares de cojones o que Susana le paría unos mellizos rubios con ojos glaucos que metían miedo.

Por las tardes, durante la visita a Bengoa, jugaba una mano de damas chinas con él en el salón de los discos de vinilo. El longplay de Beethoven seguía silente dentro del tocadiscos y Argenis no se atrevía a preguntarle a su dueño si era porque le gustaba mucho o porque le daba flojera regresarlo a su solapa. A falta de música, que por alguna razón nunca se animaba a poner, Bengoa silbaba canciones de Silvio Rodríguez, hacía chistes sucios y le confesaba, ya en confianza, los trabajos que tenía que pasar, siendo un médico graduado, para mantener a dos hijas universitarias. Argenis quería pensar que compartía su suplicio económico con él para justificar el hecho de que, más allá de la renta del apartamento y de las cajas de avena y las papas, Bengoa no le soltaba un centavo de los quinientos dólares que José Alfredo mandaba mensualmente y con los que, según Susana le decía, podían vivir como reyes.

Una tarde, a la vuelta de su cita con Bengoa, vio a su vecino Vantroi bailando a través de la puerta de su apartamento, que dejaba abierta para que entrara el aire. El apartamento estaba ligero de muebles; algo parecido a un banco de parque contra una pared y una mesita eran los únicos a la vista. En el centro de todo aquel espacio Vantroi, en unas licras de ciclista, imitaba los movimientos de Janet Jackson en el video de «When I Think of You» frente a un televisor Sony Trinitron de un pie de ancho conectado a un VHS.

Recordaba aquel video hecho para que pareciera un solo tiro, lo ponían en el canal 2 entre un programa y otro. En los pies, Vantroi llevaba unos Reebok Classic, unas empanadas de suciedad que seguían con vida momificadas gracias a infinitas tiras de masking tape. Tras la dosis de Temgesic, Argenis se sentía sumamente generoso y entró en su casa para sacar de la maleta los Adidas azul turquesa con rayas anaranjadas en los costados que su madre le había comprado en Carrefour. No se los había puesto ni una sola vez y olían a pura maravilla. Se asomó otra vez a la puerta de su vecino y le tiró los tenis por el aire para que se los probara.

«¿Quién te grabó los videos?», le preguntó a Vantroi, porque sabía que en Cuba no había MTV, y él le respondió «Juani, mi prima, que vive en Chicago», mientras marcaba los pasos del video con los pies mirándose los Adidas. Se acercó a la puerta sin dejar de dar golpes de hombro y cabeza al ritmo de la música para dejarle saber «es que yo admiro mucho el trabajo de Paula Abdul como coreógrafa» y, calcando tal cual lo que ocurría en el video, añadió «esa mezcla de jazz y calle».

Durante la cena, al enterarse de la extrema solidaridad de Argenis, Susana lo miró con ternura y desaprobación y luego le preguntó si ya le había dicho a Bengoa o a su padre que le diera los quinientos dólares a él directamente. Argenis le dijo que no, que estaba esperando un momento apropiado para hacerlo. Con su padre no había tenido ningún contacto y le daba un poco de pena despedir a Bengoa de su función más lucrativa. La mañana siguiente mientras subía y bajaba sentada sobre su güevo, Susana le hizo prometerle que esa tarde, y se lo pidió gimiendo, iba a decirle a Bengoa lo de los quinientos dólares. Argenis se vació dentro de ella para sellar su promesa y después de una ducha fría y un buen almuerzo se puso una camisa de botones, los pantalones kaki y los mocasines de piel elegidos por su madre por si en Cuba se le presentaba una ocasión especial. Susana lo besó antes de irse, algo que nunca hizo Mirta, y bajó los escalones como un orgulloso proveedor.

Bengoa lo recibió cariñoso, halagó su vestimenta y le dijo que el cuidado que había puesto en ella era señal de salud. «Estás como nuevo», le dijo camino a su consultorio, en el cual, frente a Saturno, siempre lo inyectaba. Durante las damas chinas Argenis se puso nervioso y Bengoa le ofreció un Popular y un trago de su Havana Club. Se mojó la boca con el ron y esperó a terminarse el cigarrillo para decirle que tenían que hablar de algo. «¿Qué pasa, Argenis? ¿Susana no está limpiando bien?» «No es eso», le dijo él, «es que yo creo que ya puedo administrar mi propio dinero.» Bengoa se puso serio, colocó la canica amarilla que tenía en la mano en un hoyito al azar en el tablero y dio el juego por terminado.

«¿De qué dinero tú me hablas, Argenis?», preguntó el doctor con la cabeza en diagonal, como un perro cuando trata de entender el lenguaje humano, y Argenis le explicó que se refería al dinero que le enviaba su padre todos los meses.

Bengoa se puso de pie y se acercó al tocadiscos, lo encendió y colocó la aguja sobre la *Pastoral* de Beethoven.

«¿Sabes qué es eso que suena?», le preguntó con un tono de voz nuevo en él.

«Es Beethoven», respondió Argenis. «La Sinfonía número seis.»

«No», dijo Bengoa y bajó el volumen del aparato para sentarse otra vez frente a las damas chinas, frente a su paciente, «es el sonido de la avaricia».

Las festivas notas del comienzo de la *Pastoral* desencajaban con el parco tono del médico. «Esta casa que tú ves aquí me la dio Fidel. Fidel mismo. Me la dio intacta en el 62, como la dejaron sus gusanos cuando se fueron huyendo de la Revolución, huyendo de la justicia. Dejé esta salita como me la entregaron, jamás he sacado ese disco de su sitio, el último que oyeron esas ratas, para recordarme que existe gente como tú, que entienden que lo merecen todo.»

Bengoa se puso de pie y le informó: «José Alfredo hace un mes y medio que no te manda nada. Me he encargado de todo, del apartamento, de la medicina, de todo».

Argenis estaba sofocado y empapado en sudor, quería morirse. Bengoa se acercó de nuevo al tocadiscos y sacó la aguja de encima de Beethoven. Argenis lo siguió hasta la puerta en silencio y allí el doctor concluyó «te puedes quedar en el apartamento un mes más, porque le tengo aprecio al compañero Luna. La medicina vas a tener que buscar con qué pagarla, porque no puedo seguir sacándola gratis de la clínica».

Por un par de medias, dos ampolletas. Por una camiseta usada, una. Por la bolsa de calzoncillos Fruit of the Loom, seis. Ya le había llevado a Bengoa las latas de tuna y las habichuelas, un paquete de café Santo Domingo, una toalla y un jabón Protex. Las navajas de afeitar Bic, unos jeans y dos polo-shirts Tommy Hilfiger. La correa no la había querido porque era mucho más grueso que Argenis y no le servía. Un buen día, por un pote de talco para los pies, le sacó tres ampolletas, y por la mitad del aftershave Old Spice, cuatro.

A diario, sobre mediodía, Argenis se paraba frente a las maletas y elegía su próxima moneda de cambio. Susana maldecía a Bengoa e intentaba convencerlo de que dejar el Tempgesic era una idea mejor. Ella no sabía lo que era el mono y Argenis no tenía intención de explicárselo. Se había quedado con él a pesar de que Bengoa ya no le pagaba y de que estaban cada vez más lejos de la vida que planificaran con aquellos quinientos dólares, un dinero tan imaginario como su taller y su carrera de artista. Comían lo que ella traía de casa de su madre, porque todo lo que la de Argenis había enviado hacía rato que corría por sus venas. Cuando le dio a Susana el Caselogic con los cedés para que consiguiera dinero con el cual llamar a su padre desde el Hotel Nacional, Susana regresó con una jamoneta, cinco libras de arroz y una caja de ciruelas. Sólo les quedaba el boombox.

Uno no sabe lo que tiene hasta que lo pierde, pensó Argenis; a falta de dinero y de Temgesic se hinchaba los bolsillos de clichés. Bajaba los escalones con el aparato, por el que pediría no menos de veinte ampolletas, con las que aguantaría diez días, tras los que, a menos que ocurriera un milagro, tendría que limpiarse. Echó un ojo a la barandilla de bronce y calculó la fuerza que habría que aplicar para arrancar un pedazo, como ya habían hecho otros vecinos desesperados.

Encendió un Popular para entretenerse con algo por el camino, la ciudad lucía particularmente vacía. Carros eventuales y lentos apenas metían ruido y del silencio enorme emergía como risa de bruja un chirriar de bicicletas chinas. De los portales abiertos esa tarde no surgía ningún olor comestible, ningún perfume, ningún limpiador con olor a fruta. Sólo los rostros huesudos de doñas en bata cogiendo el fresco de una brisa que soplaba feroz en sus mentes.

Argenis había tardado más de lo necesario en decidirse. El boombox y el disco que conservaba dentro, un greatest hits de los Allman Brothers, se habían convertido, a falta de todo lo demás, en una importantísima fuente de bienestar. Susana lloró al verlo desconectarlo de la pared y él le prometió que pronto, cuando hablara con sus padres, tendrían un equipo de música mucho mejor.

A la salida del Barrio Chino, en el Parque de La Fraternidad, Argenis vio sentado en un banco a un anciano que pescaba con un palillo un residuo molestoso en una de sus muelas, un trozo de carne o un grano de arroz. La escena volvió a traerle el recuerdo recurrente de Consuelo, su abuela. Ella limpia el arroz en una ponchera, en la cocina de la casa donde trabajó toda la vida. Saca cáscaras, granos podridos y los echa fuera, luego con dos dedos saca una piedra.

Zeus se salvó de ser devorado por su padre gracias a una piedra. Una piedra oculta en ropa que Saturno se comió pensando que era su hijo. Su madre sabía de qué era capaz José Alfredo y había llenado las maletas de Argenis con piedras para Saturno. Bengoa era la boca que su padre había usado para masticarlo. Si recordaba la leyenda correctamente, algún día lograría vencerlo y lograría que el titán vomitase todo lo que se había tragado, empezando por el boombox.

Era el tipo de carrito que te traía Santa Claus en Navidad cuando tus papás no tenían dinero para uno a control remoto. Un carrito deportivo con un hueco en la parte trasera por donde había que meter una correa de plástico que, al ser sacada, con el movimiento con el que se enciende el motor de una lancha, hacía que las ruedas dieran vueltas. Entonces se colocaba el carrito en el piso y éste avanzaba y perdía velocidad hasta detenerse por completo. Argenis podía apreciar los detalles de aquel carrito como si lo tuviese en la mano. Rojo, con una línea negra delimitando una llama anaranjada a cada lado. Ni las puertas, ni el bonete, ni el baúl se abrían, y a través de las ventanas sin vidrio, en el lugar que debían ocupar los asientos, se apreciaba la tosca maquinaria que facilitaba el movimiento del pequeño automóvil. Un juguete barato, made in China, de los que vendían en tiendas al por mayor en la avenida Mella.

Al verse meter y sacar la culebrita de plástico en el juguete, un intenso dolor le llenaba los intestinos, el esófago, los hoyos de la nariz, como si una versión gigante de la misma correa hubiese entrado y salido por todos sus huecos. El dolor oscurecía todo, incluso al carrito, en una punzada caliente y larga que luego se disipaba en ráfagas cada vez más separadas. Abría los ojos y veía la cara del Che Guevara en el cartel colgado de la puerta del closet con cuatro chinchetas oxidadas. Se concentraba en la estrella de la boina negra del Che, como en la luz al final de un túnel. Contaba entonces los silbidos del dolor que se alejaban como un tren detrás de las montañas. Entonces llegaba el alivio y la sed, que calmaría, si tenía fuerzas para alcanzarlo, con un vaso de aluminio lleno de un agua que olía a gasolina quemada, como todo en La Habana.

La tipografía cursiva en el cartel rezaba «La palabra mueve, el ejemplo arrastra». Respiró profundo y percibió un tufillo a vómito en la funda de la almohada. «Nasty Boys» de Janet Jackson se oía clarita a través de la pared. También se escuchaban la suelas gastadas de los Reebok Classic de su vecino Vantroi chirriar contra las losetas del piso, mientras ensayaba la coreografía del video de Janet para uno de sus shows. La última semana, inutilizado por el síndrome de abstinencia, Argenis la había pasado en la cama, y cuando lograba reunir cierta fuerza salía al balcón a coger un poco de aire. Había visto a Vantroi salir del edificio un par de veces y nunca llevaba los Adidas que le había regalado.

Ahora que nada le quedaba para intercambiar por una ampolleta de Temgesic veía aquellos Adidas bajo una nueva luz. Con los ojos cerrados y respirando profundo, como había aprendido para postergar la siguiente oleada de cólicos, especuló sobre cuántas ampolletas le darían por los tenis. Una mano sin cuerpo se abría frente a él con tres, cinco, dos, una ampolleta. Volvía a sentir el olor a nuevo que los zapatos habían desprendido aquella tarde cuando, cual tecata, Madre Teresa se los entregó al travesti.

¿Estarían muy usados ahora? La pregunta desestabilizó

las respiraciones con que mantenía el malestar a raya y le llenó las manos de sudor y de otra cosa. Era un carrito, Santa Claus se lo había traído en Navidad. Él no había pedido eso. El carrito era color rojo chino y el fuego que adornaba cada lado estaba pobremente terminado con esténcil y spray sobre la carrocería de plástico. Sabía que a continuación metería la correa en el hueco trasero del juguete para sacarla violentamente. Sabía que el carro imaginario no se movería y que desaparecería con la llegada de un dolor que lo mantenía en posición fetal bajo una sábana mugrienta.

¿Cuál era la horma de Bengoa? ¿Aceptaría los Adidas a cambio de una caja de ampolletas?

Argenis había visto los pies de Bengoa una vez mientras el doctor lavaba el Lada color ladrillo frente a su casa. Eran, como el resto de su anatomía, peludos y cuadrados como las patas de un lobo o un perro. La simetría de su dentadura postiza también le recordaba a un animal, aunque Argenis no sabía cuál.

Meses atrás, camino al aeropuerto en Santo Domingo, su padre le había dicho a su madre: Bengoa es un compañero de lucha, refiriéndose a su antiguo furor revolucionario. Callado en el asiento de atrás, Argenis los escuchó celebrar la genialidad de Chávez y los logros del equipo dominicano de voleibol ahora que contaba con un entrenador cubano. El divorcio era historia y conversaban como viejos amigos, de Argenis hablaban en tercera persona. Bengoa y Susana habían hablado de él de esta manera mientras él se retorcía de dolor en aquella cama de muelles rotos. Como si no existiera. «¿Bebió agua? ¿Cuántas veces fue al baño?» En su mente Argenis le ofrecía a Bengoa el t-shirt que tenía puesto a cambio de un centímetro cúbico de Temgesic, un t-shirt de The Police que el doctor le había elogiado en su momento y que ahora hedía a secreciones varias.

Bengoa pasaba casi todas las tardes a ver cómo seguía, le tomaba el pulso, la presión, le hacía chistes crueles sobre la diarrea y las náuseas. «Te vas a hacer un hombrecito», le había dicho, «un hombre hecho y derecho.» Luego le pedía a Susana café o una limonada y ambos salían del cuarto. Argenis perseguía la voz de tenor del doctor por la casa, su risa desordenada, la forma en que arrastraba las sillas antes de sentarse en ellas, hasta que la puerta de la entrada del apartamento se cerraba y Susana entraba de nuevo al cuarto a obligarlo a tomarse un caldo hecho con el ajo y los plátanos que Bengoa, tan generoso, les había traído.

Contrario a esos enfermos que en los libros pierden la noción del tiempo Argenis sabía perfectamente cuántos días llevaba sin puyarse. Cuando la visión del carrito lo soltaba contaba los minutos en el reloj de pared plástico que había trasladado a su habitación el día que se acabaron las ampolletas. Tras cierta cantidad de días el síndrome de abstinencia llegaría a su fin, pero los minutos eran largos, poblados como estaban de dolor y hologramas en repeat.

Vantroi terminó de ensayar y Argenis lo escuchó buscar colorete y medias de nylon en sus desconchadas gavetas al otro lado de la pared. Esa noche sería Janet Jackson en una discoteca improvisada en una casa del Vedado. Argenis aprovecharía su ausencia, y lleno de una milagrosa salud se subiría al techo del edificio, se colaría por el balcón de su vecino y recuperaría los tenis, por los que pensaba pedirle a Bengoa, por lo menos, un mes de ampolletas.

A falta de ánimos practicaba la operación en su mente. Descalzo y vestido con unos jeans cortados y el ajado t-shirt de The Police subía al techo a quemarse los pies en unos ladrillos en los que se podía freír un huevo. Reptaba hasta el borde del alero del balcón de su vecino y asomaba la cabeza y el torso hacia abajo sosteniéndose con ambas manos, colgando por un segundo como un murciélago en el atardecido horizonte habanero. Penetraba en la casa del travesti, escuchando un pulso, el suyo, a mandarriazos contra los muros de hormigón armado. Al llegar a la habitación lo sorprendería la higiene con que el maricón combatía el deterioro del mobiliario. Abriría el armario y allí, entre tacones de mujer y mocasines de hombre, no encontraría los Adidas, parte del disfraz de Janet Jackson, sino los hediondos Reebok Classic de Vantroi.

Era el mismo modelo de Reebok Classic que Argenis le había pedido a Santa Claus cuando tenía ocho años. La mitad de los chicos de su curso en el Colegio Nuevo Amanecer ya los tenían, mientras él seguía amarrándose unos tenis marca kukiká, como llamaban a las marcas baratas, falsificadas o chinas sus compañeritos. Sus padres todavía estaban juntos entonces y su madre al ver la cartilla amarilla con las mejoradas notas de aquel diciembre de 1985 le había dicho a Argenis, mientras le guiñaba un ojo a su padre, que Santa Claus le iba a traer los tenis que tanto anhelaba.

Ese sábado José Alfredo lo llevó con él a vender *Vanguardia del Pueblo*, el periódico del Partido de la Liberación Dominicana, institución a la que dedicaba todo su tiempo y cuyo advenimiento predicaba por los barrios de Santo Domingo con su guayabera crema y unos pantalones acampanados que avergonzaban a Argenis cuando lo iba a buscar a la escuela. En algunas casas de las que visitaban los recibían con café y galletas, dulce de leche, caramelos de mantequilla con los que Argenis se llenaba los bolsillos. Aquel día, sin embargo, al llegar a la marquesina de Tony Catrain, el mejor amigo de su padre, éste, vestido con un traje sport moderno, los saludó sin mirarlos y lanzó sin mucho cuidado los diez periodiquitos que José Alfredo le traía al asiento de atrás de su jeepeta.

José Alfredo no abrió la boca durante el trayecto hacia Ciudad Nueva en un carro público, ni cuando, caminando la calle El Conde, Reeboks de distintos colores sonreían en las vitrinas de Calzados Lama y Los Muchachos. Llevó al pequeño Argenis a un colmado en una esquina. Cuatro hombres estrellaban sus piezas de dominó en una mesa cuadrada y en los anaqueles del fondo las latas de sardinas y las botellas de Brugal se alineaban como marineros en el desfile del 27 de febrero. Se sentaron en una banqueta y su padre pidió una chata de Ron Macorix y una Pepsi. Abrió la chata y le dio la Pepsi a Argenis, brindaron y bebieron el contenido de ambas botellas demasiado rápido. Cuando su padre colocó la chata vacía en el mostrador estaba llorando. Hijo, le dijo apretándole el hombro, hoy es un día especial. Tengo que decirte algo porque no tolero que te sigan engañando. ¿Sabes quién es Santa Claus? Argenis dijo que sí. Soy yo, le dijo José Alfredo tocándose el pecho con la palma abierta con un leve temblor en los labios. Yo te compro con dinero lo que tú le pides. A Santa Claus se lo inventaron los yanquis, decía, y miraba hacia la calle de altas aceras asoleadas. Se lo inventaron para que la gente compre disparates. Argenis sabía que su papá no trabajaba e imaginaba a su mamá con el traje rojo y la barba bajando por una chimenea. Sentía unas ganas enormes de proteger a aquel hombre que moqueaba como él lo hacía en el patio de la escuela cuando lo molestaban por sus tenis baratos.

«El mundo está cambiando y tu papi se está quedando atrás», dijo y pidió un pan de agua con queso blanco que partió entre los dos. Mis amigos andan bien vestidos y yo con esta ropa vieja. Su padre lo miró fijamente con ojos inyectados en sangre y un poco de queso en el bigote. «¿Ves ahí enfrente?», le dijo señalándole un letrero que decía SASTRE. Ahí me pueden hacer un traje con el que papi puede echar pa'lante.

Sin soltar la botella vacía de Pepsi, Argenis preguntó: «¿Y por qué no te lo hacen, papi?». «Porque papi no tiene dinero», le respondió José Alfredo, acariciándole la cabeza con movimientos cortos y repetitivos, como Aladino su famosa lámpara.

Salieron por fin del colmado y José Alfredo le tomó la mano para cruzar la calle. Ya en la puerta del sastre, mirando al suelo y haciendo pucheros, le dijo «tu mamá me dio el dinero para tus tenis, ¿qué marca es que tú quieres, que se me olvidó?». Con un sentido del deber que no le cabía en el cuerpo, Argenis se desprendió del par de zapatos de marca, del miedo a los chistes que seguirían haciendo sus amigos señalando sus tenis y guio a su tambaleante padre hacia el interior de la sastrería.

Entraron por una pieza angosta, en cuyo fondo había una mesa con telas que llegaban hasta el techo. El recuerdo del olor caliente y limpio de aquel lugar invadió su habitación de La Habana. Era el vapor que sacaba una plancha a la tela almidonada de una camisa. Junto a la mesa, una puerta conectaba con un taller, allí dos jóvenes de tez oscura, con la mirada clavada en sendas máquinas de coser, terminaban algo que parecía un disfraz. Uno decoraba el borde de un pantalón con una cinta y el otro daba terminación a un chaleco fucsia. Argenis pensó en los vestuarios de las orquestas de Tony Seval o en Aramis Camilo. De espaldas a ellos, y ajetreado, plancha en mano, estaba un hombre bajito, con pantalón de cachemir gris oscuro y camisa gris claro, con una cinta métrica al cuello y un cigarrillo en los labios. Cuando se dio la vuelta, sonriendo para saludar, Argenis vio bajo un bigote triangular y muy negro, la luz del diente de oro que sustituía uno de sus colmillos. El traje ya estaba hecho. José Alfredo, al verlo, soltó la mano de Argenis para probárselo y allí delante de todos se quitó la ropa con la prisa de quien tiene veinte minutos para pegar cuernos. Era un traje azul marino de dos piezas. Con él puesto, su papá puso cara de James Bond en el espejo de la pared, y tras hacer con la mano una pistola imaginaria sopló el humo de la misma guiñándole un ojo al niño, que lo miraba sentado en la esquina del reflejo.

Tras recuperar la memoria de este evento, Argenis odió aún más los zapatos viejos de Vantroi, pero no tenía energía suficiente para sostener un minuto de odio por ellos y mucho menos para llegar hasta el verdadero armario. Seguía en la habitación de un apartamento pintado de rosa con pintura rendida con agua. En la pared había otro afiche, en él Castro gesticulaba en un podio sobre la frase «Patria o muerte. ¡Venceremos!». Los tenis de los ochenta han envejecido mejor que estas consignas, pensó Argenis, para enseguida volver a escuchar las suelas de Vantroi marcando el beat de una canción. Al parecer todavía ensayaba produciendo aquel roce rítmico. El sonido se definió y Argenis ahora lo escuchaba dentro de su casa. Pero Susana no iba a dejar que Vantroi ensayara en la sala. Estiró la pierna llena de piquetitos, en la que se inyectaba de vez en cuando para dejar descansar el brazo y metió el dedo gordo del pie por la rendija para abrir la puerta. Al fondo del pasillo, Bengoa se cogía a Susana en el sofá de ratán de la sala. Le clavaba su pene color salchichón por detrás sosteniéndola por la cintura, los dos con el frente hacia la habitación de Argenis y recostados de lado en cojines rameados con flores del paraíso. Sus cojones color kaki colgaban hacia un lado y sacaba una lengua larga y roja, con las gafas de ver todavía puestas, para tocar con ella la redonda y rosadita que Susana le ofrecía. «Hijos de la gran puta», gritó Argenis con fuerzas que no tenía. Al verse descubierta, Susana forcejeó para zafarse, pero el doctor la sujetó y aumentó la velocidad de los golpes de cadera hasta que sacó el miembro que empezaba a encogerse y se vino y su leche era densa como un hilo de pasta fresca. Argenis intentó levantarse, afuera Susana peleaba con Bengoa. Como las estrellitas que orbitan alrededor del Pato Donald cuando le dan un trancazo, los Reebok Classic, los pies de Bengoa y el diente dorado del sastre de su padre daban vueltas en su cerebro. La ira lo llenó de un extraño vigor. Salió a la sala mareado y decidido. Bengoa se terminaba de abotonar los pantalones con una sonrisita tan vulgar como sus pezones peludos, Susana lloraba en la cocina con la ropa mal puesta. Argenis se aferró al cuello del doctor Bengoa, pero Bengoa era más grande y no estaba enfermo. Con una sola mano se deslizó de la precaria horca y rechazó el intento de Susana de ayudar a Argenis tirando a ambos al suelo, le metió un puño en el oído a su paciente, lo agarró por la camiseta, abrió la puerta y lo echó fuera. Oculto el sol, la escalera se hallaba en tinieblas. Una modesta erección vaticinaba el fin del síndrome de abstinencia. Allí, sobre el piso helado, le zumbaba el oído y recordó al sastre y su cinta métrica, acercándose con una menta de anís en la mano para decirle «un día, cuando seas grande, haré un traje para ti». Se tocó la tutuma dura bajo el pantalón, metió la mano dentro y se aferró al carrito, era el carrito que Santa Claus le había traído aquella Navidad, un carrito rojo, made in China, que su papá, con su traje nuevo al hombro y cubierto en plástico, le había hecho escoger en una vitrina de viejos y empolvados juguetes al por mayor de la Mella.

En vez de nariz tenía una trompa. Una asquerosa trompa sangrienta. Por eso olía a sangre. O era vómito. Una cola color Pepto-Bismol con la que lo habían pegado al suelo. Habían fundido sus pestañas con el bronce de la barandilla art nouveau. Cuando llegase el próximo ladrón a arrancar un pedazo con una segueta iba a llevarse una sorpresa. Un hombre se había fundido con la barandilla de la escalera. Eso o la fila del arroz llegaba hasta aquí. Viejos sidecares sin motocicleta llegaban hasta aquí. Guerrilleras degolladas que estaban encintas. Algo como el resquemor de una corona de espinas le apretaba las sienes. Esto no era la Biblia, era arquitectura de antes de la Revolución. El doctor Bengoa le leía los pensamientos, era el ginecólogo de su madre. Un atisbo de luz real le hizo darse cuenta de la constitución de las imágenes, hechas de aire como la música. Lo zarandeaban. Se había dormido frente al televisor viendo *Rocky III* y su papá lo llevaba a la cama en brazos. Su papá con pintalabios. Vantroi no era su papá. Vantroi era Vantroi era Vantroi era Vantroi y él era Argenis, en el embudo hacia la vigilia, hacia la habitación desconocida en la que despertó desnudo entre sábanas blancas.

Se sentía aliviado, sin náuseas, sin dolor y se sentó en la cama de espaldar de metal trabajado en forma de laureles. El mundo ya no daba vueltas y se miró las manos, el brazo lleno de viejas marcas hinchadas como picadas de hormiga, el increíble crecimiento de las uñas. El recuerdo de lo ocurrido durante los días que llevaba amordazado por el malestar le fue llegando de lejos, como en gotero. En una silla de plástico verde alguien había colocado la camiseta de The Police y los shorts de jean limpios y doblados. Al pie de la silla, como invitándolo a colocárselos, estaban los tenis Adidas. Abrió la puerta y se tapó con la sábana, y al ver el televisor y la torre de cintas de VHS confirmó que se hallaba en la casa de Vantroi. El apartamento estaba solo. Entró al baño, fotos recortadas de revistas en blanco y negro cubrían la pared por completo. Mientras orinaba Mickey Mouse, Fred Astaire, Sonia Braga, Boy George, Marcello Mastroianni y, por supuesto, Janet Jackson clavaban en él sus célebres ojitos. Se metió a la ducha. El agua estaba tibia y supo sin haber mirado el reloj que eran cerca de las doce del mediodía. El sol de la mañana calentaba el agua en el tanque. Se quedó bajo el chorro con los ojos abiertos, como para limpiárselos por dentro. Ni sacándoselos iba a olvidar el pene de Bengoa entrando en Susana. La pastilla de jabón estaba muy gastada y llena de pelo crespo. Quitó los pelos con las uñas maldiciendo a Bengoa. Volvió a maravillarse del crecimiento de las mismas, del estrepitoso empuje biológico, inmune a la decepción humana. A las uñas no las detiene nada, pensó, restregándose con violencia. Se lavó los sobacos, el culo, la bolsa y se enjuagó la boca. Cerró la ducha y se secó con un estropajo color vino que alguna vez había sido una toalla. Recordó la toalla azul que había compartido con Susana el tiempo que estuvieron juntos, ella se bañaba por la mañana para que por la tarde estuviese seca cuando le tocara a él. Trató de recordar algún poema de Lezama Lima sobre el poder corrosivo de La Habana mientras se secaba. Volvió a la habitación, se puso la camiseta, los pantalones, pero no los zapatos, y salió al balcón.

Del alero, que hacía nada se había imaginado descendiendo para robarse los Adidas, Vantroi había colgado un móvil, un pequeño Calder hecho en casa con alambre dulce y trozos circulares de galones de plástico. Daban ganas de pintar aquel modesto sistema solar sobre la cinta añil del Atlántico, en el fondo, sobre la amalgama de cemento gastado de los techos, las ruinas más retratadas de Las Antillas, mordidas a diario por una ridícula proliferación de directores de mediocres documentales musicales. Pensando en la ciudad y no en sí mismo descifraba los contornos de su nueva soledad, desprendido a la fuerza de su dependencia al Temgesic, de Bengoa, del amor romántico, de su padre. No sentía autocompasión, flotaba en el espacio bajo pequeños planetas de plástico con nombres de dioses. En su firmamento personal ya había una estrella con el nombre de Vantroi. Un golpe de aire arrastró hasta sus oídos el New Jack Swing de la canción «Rhythm Nation» de Janet Jackson que sonaba en la azotea, Vantroi había movido su ensayo para no molestarlo.

Subió las escaleras en pos de los gritos acompasados del comienzo de la canción. Sobre la tarimita rosa Vantroi bailaba con la música a todo volumen en una vieja grabadora de baterías. Argenis alcanzó el tanque de agua agachado como un soldado urbano y desde allí espió a su vecino. Recordó las coreografías que montaba con Charlie, el hijo de Tony Catrain, en el patio de la escuela. Era 1990 y el house explotaba todas las bocinas. Eran pasos que veían en videos de la MTV, justo antes de descubrir a The Doors y a Led Zeppelin. Vantroi lanzaba chispas de sudor al aire al ejecutar los movimientos rígidos y simétricos que aparecían en el video, llevaba unas botas que sólo podían ser un regalo de su prima Juani de Chicago y los hot pants de la primera vez que lo vio asomado al tanque de agua. No llevaba camisa como era su costumbre y los músculos contraídos del torso reflejaban la luz del cielo como los de un Rodin viviente.

El beat de resonancias metálicas, cual espadas entrechocadas, golpeaba a Argenis en el estómago y sintió aquellas furiosas ganas de bailar que a los trece años sacudían a sus amigos cada vez que sonaba Technotronic. Era una sensación poderosa, así sienten las uñas las ganas de crecer, pensó, marcando el ritmo con los pies descalzos. Imitó en su mente una pequeña secuencia de aquello que Vantroi rompía en cuatro. Se vio como parte del oscuro ejército underground del video: un Black Panther finisecular vestido de cuero, con insignias de Stainless Steel, que libraba una batalla musical contra los complejos y los malos recuerdos. Ni el pene de Bengoa iba a robarle las ganas de moverse al compás de la canción. Vantroi lo descubrió y echó una carcajada. «Niño, tienes buen ritmo», le dijo tejiendo las palabras con su risa grave y contagiosa. Tenía los dos dientes delanteros separados como Madonna y una naricita pequeña como un botón de rosa que favorecía el transformismo. Bajó de la tarimita con la grabadora en la mano y se la pasó a Argenis para que se la sostuviera mientras bebía agua de un jarro de metal a la sombra del tanque.

«Tienes mejor color, ¿cómo te sientes?», le preguntó. «Mucho mejor», dijo Argenis, «gracias por...» Vantroi no lo dejó terminar: «gracias por nada, niño, ¿qué iba a hacer, dejarte allí cagado en la escalera?». Bajaron al apartamento de Vantroi y Argenis no pudo evitar parar la oreja tras la voz de Susana en el que había sido suyo.

«Vino a verte antes de irse, pero estabas dormido», le dijo Vantroi mientras abría la puerta señalándole la maleta roja vacía que Susana le había dejado en un rincón de la sala. «¿Tienes a alguien aquí en Cuba?», le preguntó desde la cocina poniendo polvo en la cafetera. «No, a nadie. Sólo a mi doctor.» Y cuando dijo doctor Argenis hizo comillas con los dedos. Su anfitrión cerró la cafetera y le dijo, mientras encendía el fuego, «chico, ese tipo es un fula, habrá que buscarte algo, ¿qué sabes hacer?».

Sabía reconocer la cocaína cortada con acetona. Fabricar excusas. Recostarse en los otros. Preparar una jeringuilla de manteca. Hincársela. Sabía hacer arroz, un arroz empegotao y desabrido. Se miró las manos, enormes y huesudas, las palmas de piel amarillenta, mucho más claras que el resto de su cuerpo. Le picaban. «¿Tienes lápiz y papel?», le preguntó a Vantroi. Su anfitrión abrió una gaveta en la cocina y sacó un cabito de Berol Mirado y un pedazo de papel manila en el que alguien había escrito una lista de materiales que incluía tinte negro wiki wiki y gorras de béisbol. «Ponte ahí», le pidió a Vantroi y señaló la puerta que daba al balcón para que la tierna luz de un cielo que comenzaba a nublarse le diera de perfil. Volteó la hoja para usar el lado en blanco y sus dedos se cerraron en torno a aquella pulgada de lápiz como los pétalos de una cayena cuando llega la noche, hizo entonces bailar el grafito sobre el papel sin mucho esfuerzo, hasta convertir la carne de su salvador en una hermosa convergencia de líneas oscuras.

La madre de Vantroi era una mujer enorme con puños de acero que le había exigido a su hijo: «maricón sí, pero no pendejo». Cuando éste llegó de la escuela con el primer moretón le dio con una correa encima del golpe y lo amenazó con matarlo si volvía a dejarse dar. A partir de entonces se defendió con uñas y dientes del mundo, seguro de que de lo contrario la negra cumpliría su promesa. Brígida había muerto en un accidente de tránsito durante el periodo especial cuando traía a la casa tres libras de carne molida escondidas en la falda. En la pared del apartamento de Vantroi había una foto suya muy joven, vestida de uniforme militar en el 62 como parte de un grupo que le reía las gracias a un Che sin camisa, que hacía trabajo voluntario con una pala en la mano. Vantroi tenía la misma sonrisa de su madre y de su padre, un músico de Matanzas que había muerto antes de que Vantroi cumpliera los cuatro años, tenía los ojos color miel y la fibra del cuerpo.

Ese cuerpo heredado posaba en tangas sobre la tarimita de la azotea para que Argenis llenara pequeños cartones con dibujos del mismo. Su mano estaba aceitada a pesar del tiempo que tenía sin trabajar y sus líneas surgían seguras e inspiradas, excepto cuando se preguntaba qué pensaría Susana de aquellos bocetos y cierta melancolía permeaba su pulso, una melancolía que poblaba las curvas de diminutas vibraciones. El sol de la mañana caía a borbotones sobre su modelo, que cambiaba de posición cada diez minutos, riendo y comentando los fracasos que Argenis le relataba; la secuencia de coñazos que merecidos o no había soportado desde su salida de la escuela de Altos de Chavón.

Tras acumular unos cuantos bocetos Argenis le pidió a Vantroi que bajara de la tarima y que se sentara junto a él. Dibujó opciones de trajes y accesorios sobre aquellos cuerpos, formas triangulares que emulaban las cabezas de las criaturas de Wifredo Lam, las armaduras postapocalípticas de *Mad Max* y las firmas mágicas del palo mayombe. Buscaba una estética rumbera/heavy metal mientras comían un puré de papas que Vantroi había traído en una ollita mientras en el fondo sonaba un casete de George Michael que un amigo por correspondencia le había enviado a Vantroi desde Praga en los ochenta. En la sala junto a la tele y los vhs Vantroi tenía dos cajas llenas con las cartas que había recibido de amigos de todo el mundo. Cartas en las que compartía sus intereses literarios y musicales con otros jóvenes, a veces le enviaban regalos, lápices de colores, calcomanías, fotos de artistas arrancadas de revistas, muchas llegaban abiertas; «las leen antes de entregártelas, como si uno fuese a planificar un golpe de Estado por correspondencia», le contó Vantroi, «ni que fuera el siglo v».

Argenis trataba de imaginar la dimensión de esa claustrofobia, pero no podía, su amigo estaba pidiendo permiso para salir del país desde los veintiún años y tenía treinta y siete. Se sorprendió haciendo planes para sacarlo de Cuba, pero todos involucraban a su padre, José Alfredo, que todavía hablaba de la Revolución cubana como algo bueno, aferrado al gastado lustro de unas reivindicaciones sociales sobre las que se había amontonado la represión en todas sus formas. Qué fácil era colgar la foto enmarcada con el comandante en la sala de un apartamento en Naco, con la nevera repleta de quesos importados, vegetales frescos y diez libras de churrasco. Carne que su padre consumía rare con una botella de Marqués de Murrieta varias veces por semana desde que tras el primer triunfo del PLD en el 96 tomara unas clasecitas de etiqueta y protocolo. Pensó en su tía Niurka, la hermana de su padre, quien nunca se había jactado de militancia alguna, pero entregaba a diario todo lo que tenía a los demás. Tras graduarse de siquiatra en Madrid se había dedicado a ayudar a mujeres abusadas de escasos recursos. Quizás podría desviar un poco de esa generosidad hacia él. Tendría que conseguir el dinero para llamarla y pedirle un boleto de avión o un poco de dinero.

Al bajar las escaleras rumbo al apartamento de Vantroi con las manos llenas de bocetos sintió una agradable sensación de tranquilidad, con aquellos cartones devolvía a Vantroi el techo y la comida que le ofrecía. Subsistía por primera vez en su vida de su arte.

Colocó los dibujos en el piso frente a la luz que entraba por el balcón y los imaginó convertidos en pinturas monumentales, murales sobre los flancos de modernos edificios en Santo Domingo. Sintió la brisa que lo golpearía en las alturas del andamio, la tensión en las manos al manipular un rolo que esparcía pintura por el pelo de una enorme cabeza de negro.

Vantroi iba delante con los jeans prelavados llenos de hoyos, unos tacos turquesa de secretaria ejecutiva, una blusa sin mangas de seda color zapote y, sobre la cabeza y los hombros, una gastada pashmina amarilla. Argenis iba detrás y arrastraba desde hacía treinta cuadras o más una de las maletas rojas con las que había llegado a Cuba, llena ahora con todo lo necesario para el vestuario y la escenografía del próximo show de Vantroi. Se arrepentía de tanta creatividad ahora que el peso de unos materiales conseguidos dando tumbos por toda La Habana le hinchaba los cojones. La temperatura bajó de golpe y Vantroi se acomodó la pashmina para protegerse del viento con gesto de Claudia Cardinale, la Claudia Cardinale de un dúo de mendigos del arte. Al pasar por la parroquia del Sagrado Corazón el cuadro estuvo completo. Eran la viva imagen del cinco de oros en el tarot Rider-Waite. En la carta, una pareja de pordioseros cruza delante del vitral de una iglesia, una mujer va delante cubierta con un trapo y un hombre con muletas la sigue, disminuido. Era la carta de la pobreza, de una bancarrota general causada por la inestabilidad emocional. En 2001 Argenis había trabajado como síquico en una línea telefónica que ofrecía lecturas personalizadas a todo Estados

Unidos y se sabía cada carta de memoria. Allí nadie tenía poderes especiales, pero les hacían aprenderse los significados del oráculo y ejercitar la improvisación y la libre asociación. No hacía falta que le echaran las cartas para saber que se había convertido en el arcano menor de la miseria.

Mientras dejaban atrás el templo una de las ruedas de la maleta se desgranó, Argenis se dobló para tratar de arreglarla sin éxito. Tendría que cargar la maleta el resto del camino. Pidió en silencio: Dios, suéltame el guante, y aceleró el paso con la pesada maleta en brazos como si aquella muestra de vigor y determinación sustituyera la fe. El esfuerzo atrajo hacia la superficie una triste avalancha y soltó la maleta para sentarse a llorar en la cuneta. Vantroi le ofreció la pashmina para que se soplara los mocos. No podía sacarse de la cabeza la imagen de Susana desconsolada y semidesnuda en la cocina el día que la encontró con Bengoa. Se miró la mano con que arrastraba la maleta, la ampolla llena de líquido en el pulgar. Al empujar con un dedo para hacer que la burbuja explotara, el campanario de la iglesia tocó las seis de la tarde. Los golpes eran tan débiles y lejanos que Argenis se preguntó si aquel campanario era real o se lo estaba imaginando. Confundía ciertos sonidos desde que su hermano Ernesto lo convenciera a los tres años de meterse una pieza de Lego por un oído. El recuerdo de aquel cubito manchado de sangre en la pinza del doctor todavía le dolía en el tímpano.

¿Cuándo podría regresar a Santo Domingo? ¿A qué? Tras años de concienzudo descenso hacia el nivel más bajo de la cadena alimenticia finalmente lo había logrado. Se vio empujando un carrito de supermercado lleno de basura, latas de cerveza y peluches sucios por la avenida Lincoln, con zapatos hechos de fundas de basura y larvas de mosca en la barba. Sin invitarla, la imagen de su madre en bata estrujó su derrotismo. Etelvina le caía a palos con una escoba, gritándole mojón de agosto, comemierda, pegándole manguera en el parqueo del edificio en que lo había criado a la vista de todos los vecinos. La idea le hizo gracia, se puso de pie y acarició el asa de la maleta roja. Era lo único que le quedaba. Eso, la amistad de Vantroi y la promesa de que compartiría los dólares que levantaran con su show de Rhythm Nation en Coribantes, la sala de fiestas en la que un joven arquitecto español convertía su mansión en el Vedado los fines de semana.

La casa de Iñaki le recordaba al Gazcue de su infancia. Era prácticamente igual a la casona que había albergado su escuela primaria. Una escuela para hijos de izquierdistas y feministas. Una escuela experimental en la que su mamá trabajaba para pagar media tarifa por él y su hermano Ernesto. Tanto la del Vedado como la de Gazcue, en Santo Domingo, eran casas de los años treinta. Casas de una alcurnia que en la segunda mitad del siglo xx emigró hacia el norte. A Miami los de La Habana y a las afueras de la ciudad los de Santo Domingo. Los primeros huyendo de los Castro y los segundos huyendo de un proletariado que se había hecho en Nueva York de dinero con el que comprar y mutilar las antiguas estructuras para convertirlas en pensiones, colmados, salones de belleza y centros de internet.

Como todas las estructuras de Cuba, Coribantes se enfrentaba a la falta de materiales para el mantenimiento y el tiempo había dibujado un intricado sistema de grietas por todo el rosa salmón de las paredes. La galería coronada por un arco de punta a punta brotaba en su centro inferior hacia unos escalones de redondeado mármol gris a cuyos lados los pasamanos de la barandilla descendían como chorros de leche condensada sobre la galleta de cemento del final de la escalera. Trozos asimétricos y ausentes en el mármol de los escalones deslucían la sonrisa de viejo de la casa. Los helechos y lenguas de vaca del jardín frontal exhibían la única vitalidad del conjunto.

La puerta estaba abierta y de ella salían dos mariconcitos anoréxicos cargando una venus de milo de papier maché. Dentro, los vestigios de un pasado chic; muebles, lámparas, alfombras y ceniceros de diseño, lucían mucho más nuevos que las roñosas paredes del exterior. La gran barra de caoba daba testimonio de las fiestas que allí se celebraban antes de que los barbudos prohibieran la diversión. Sobre la misma colgaba un letrero en lentejuelas amarillas sobre tela plateada con la palabra *coribantes*. Una escalera de caracol trepaba hacia el mezzanine que conducía a las habitaciones del segundo piso y bajo el mezzanine, en lo que debía de haber sido un cuarto de música, se hallaba ahora una tarima con camerino. Treparon la maleta sobre la tarima y, por detrás de las cortinas, hacia el camerino, y al tratar de abrir el zipper la tela se rajó de un extremo a otro. Brotaron por la herida una cadena de hierro, un cuerno de vaca, un fémur y una manga de rumbero negra que según su dueño había pertenecido a Kike Mendive. Vantroi se había tumbado la cadena de la puerta de un vecino, el cuerno de vaca era regalo de una santera que usaba su raspadura para ciertas limpiezas espirituales agresivas, a cambio de una diminuta muestra de perfume consiguió el fémur de cerdo de un carnicero clandestino y la camisa de Kike de un examante nieto del ilustre rumbero.

96

Armado con una pistola de grapas Argenis se ocupó en tapar con tela negra las columnas y la viga superior de la tarima. Eran sábanas de hospital descartadas que habían teñido con wiki wiki y cuyas manchas de sangre y mierda eludían cualquier afán profiláctico. El tinte había entrado en la parte de las manchas con menos fuerza creando un efecto veteado. En el tope de cada columna sujetó con alambre dulce una calavera humana de las dos con las que una estudiante de la Universidad de Ciencias Médicas los había surtido, de las bocas de las calaveras surgían como vómito retazos de tela color vino, parte del forro interior de las maletas. De la viga del centro hizo descender como móviles de terror pedacitos de hueso, cabezas de muñecas sin ojos, palos espinosos de buganvilia que había pintado de rojo. La cortina del fondo, otra sábana reciclada y teñida, estaba cubierta con trazos de pintura roja, garabatos abstractos y símbolos picudos.

Cuando el escenario estuvo listo salieron al patio a comerse unas cajitas de cerdo con arroz que Iñaki les había traído. Se sentaron junto a una piscina sin agua a la sombra de una enorme mata de mangos cuyos frutos podridos picoteaba una gallina negra en el fondo de la piscina. El cerdo estaba frío y posiblemente en mal estado, pero Vantroi se lo tragaba casi sin masticar. Argenis jamás se hubiese metido aquello a la boca en Santo Domingo, pero tenía hambre y se obligó aguantando la respiración. Sintió por primera vez ganas de puyarse y calculó las ampolletas de Temgesic que podría conseguir por una de las botellas de Johnny Walker que había visto en la barra. Se tiró de espaldas sobre el piso y se relajó, aislando el deseo de la puya, entendiendo los resortes que lo hacían surgir hasta que poco a poco se deshizo de la ansiedad. Repasó con los ojos cerrados el vestuario que había diseñado para su amigo. Los pantalones de militar teñidos de negro, las botas negras de su prima Juani, la cadena era un cinturón. Los mismos trazos naïfs de las cortinas que rayarían el oscuro betún de la cara y el torso como sangre seca, el pintalabios delineado sobre la mullida boca de mujer que albergaría unos dientes cubiertos con papel de aluminio, la camisa de mangas rumberas negras y una boina como la del Che, de cuyo frente en vez de una estrella surgía un cuerno de vaca como el cuerno mágico de Dagoth en *Conan the Destroyer*. Había rellenado la boina con colcha espuma para que no perdiese su forma, para que permaneciera fija durante la coreografía, para que coronara el cadáver revolucionario en el que Vantroi iba a convertirse.

Siempre que ponía manos a la obra algo de las imágenes convocadas a través de su arte se transfería a la realidad. Llevaba clavado en las narices el olor del cerdo y de los mangos del patio, olían a podrido. Su monstruo machacaba el escenario con pasos noventeros al ritmo de Rhythm Nation. El público, extranjeros, artistas cubanos y maricones de todas las denominaciones, aplaudía al compás de la canción. A pesar del entusiasmo la atmósfera estaba cargada. ¿Qué energías atraería esa oscura máscara de muerte? Una mano de hombre rompió la pared de humo que rodeaba la tarima para acercarse al bailarín con unos dólares, para ponerle los billetes en el horror de la boca. El diablo mordió el dinero con violencia como si quisiera arrancarle los dedos a su fanático, a quien Argenis reconoció cuando uno de los focos le iluminó la cara. Era Bebo Conde, un dominicano excompañero de la escuela de diseño de Altos de

Chavón, en la que Bebo había estudiado Diseño Gráfico y Argenis, Bellas Artes. En aquel entonces Bebo no había salido del closet y se singaba las mujeres que Argenis soñaba con tirarse. Años después, tras el divorcio, la expulsión de la beca, la debacle, fue Bebo quien le dio a oler heroína por primera vez una madrugada a la salida de un party electrónico en Playa Caribe, mientras veían el sol salir recostados en el bonete de un viejo Honda CRX. La intensidad irrepetible de ese primer placer era la unidad de medida contra la que valoraba todas las cosas del mundo. Su adicción era un eterno perseguir aquella momentánea abolición de la culpa, la necesidad, la responsabilidad y la introspección.

El apartamento de Bebo Conde estaba prácticamente a oscuras excepto por los focos que se había traído sin permiso de la escuela de cine de San Antonio de los Baños a la que asistía y que iluminaban el fondo de la sala. Allí una tela verde cubría todos los ángulos de la pared y el piso. Frente al improvisado greenscreen, una chica asiática en bikini con sombrero arrocero del Vietcong bailaba insinuante sin música. Samanta llevaba una peluca lacia rubia y pestañas postizas del mismo color que se abrían como una planta carnívora alrededor de sus ojos. Bebo la dirigía detrás de un gordito alemán que manejaba la cámara y Argenis se preguntó a qué sabrían las pequeñas tetas amarillas de la chica. Caminó hasta la cocina sin saludar a un par de estudiantes afanados con detalles de la producción, abrió la nevera como hubiese hecho en casa de Bebo en Santo Domingo y sacó una botella de Perrier del refrigerador. Hizo maromas para no tropezar con las cajas de habichuelas en lata, papel de inodoro y pasta Barilla que Bebo traía cada dos meses de Santo Domingo y con las que pagaba a sus compañeros de clase por el trabajo que hacían en aquel improvisado set.

«¿Trajiste la vaina?», le preguntó Bebo, y lo haló por la manga para mostrarle en una laptop las animaciones que colocarían en postproducción detrás de Samanta, una serie de círculos concéntricos de distintos colores que Argenis, mientras movía la cabeza afirmativamente, juzgaba más dignos de un screensaver que de un video musical. Bebo dio el trabajo por terminado y el equipo se desperdigó hacia una pequeña terraza abierta, con Samanta a la cabeza envuelta en una bata de toalla color vino. Caminaron hasta la habitación de Bebo y cerraron la puerta con seguro. Argenis se sacó una tira de ampolletas de Temgesic del bolsillo mientras Bebo rompía con los dientes el empaque de una jeringuilla desechable. Recostado de lado sobre la cama se la ofreció a Argenis, quien la clavó en la ampolleta para buscarle luego la vena a Bebo con los pulgares bajo las medias deportivas. Se tocaban con la familiaridad de la adicción, una que Argenis no compartía con ningún otro hombre. Bebo se había limpiado recientemente en una clínica privada en Santo Domingo, pero ninguno de los dos era lo suficientemente hipócrita como para no preguntar si en Cuba había hache, como le decían a la heroína cuando se la metían para oír «The House of the Rising Sun» de The Animals en repeat durante horas. Eso o el *Réquiem* de Mozart.

Para que Bengoa le abriese la puerta tuvo que enseñarle por la ventana el billete de cincuenta dólares que Bebo le había dado para la diligencia. Bengoa le vendió treinta y cinco dólares de Temgesic, Argenis le dio cinco dólares por encima como estímulo y se quedó los otros diez. Aquella propina de cinco dólares que le dio al doctor lo hizo sentirse sumamente cómodo, tanto que le preguntó, con voz una voz demasiado nasal para ser natural, si seguía clavándose a Susana. «Chico, qué bobo eres», le dijo Bengoa contando las ampolletas. «Ella sólo lo hacía por ti, para que yo les llevara comida y medicina.» La revelación le había sentado fatal, trataba de sacársela del cuerpo cuando Bebo, como siempre que estaba listo, cerró los ojos para que Argenis lo inyectara a la luz anaranjada de los atardeceres en la que procuraban hacer estas cosas.

Bajo el efecto de la morfina sintética Bebo era todavía más bello. Sus muslos tonificados por el tenis que había practicado en el patio de su casa estaban cubiertos por el oro de un vello parejo y suave. La boca carnosa y los ojos de gitana saltaban de la cara cuando los tenía abiertos. Bebo también tenía un teléfono. Un aparato de esos que en Santo Domingo ya sólo aparecían detrás del Mercado Modelo en el pulguero del pequeño Haití y del que no salían llamadas al exterior.

Una ráfaga de placer le recorría la columna a Argenis de pensar en puyarse. Echó un ojo a las ampolletas que quedaban colocadas sobre una edición cubana de *Un actor se prepara*, de Stanislavski, en la mesita de noche. Puyar a Bebo sin puyarse él era la prueba de que estaba sano. De que esta vez estaba limpio de verdad. Había desalojado el deseo y ese deseo se había mudado al cuerpo de su amigo para que allí Argenis lo siguiese alimentando como un padre responsable a su exesposa y sus hijos. Tenía mil razones para volverse a puyar pero una más poderosa para no hacerlo: su tía Niurka, que esperaba su llamada. Su tía Niurka que había prometido ayudarlo. El recuerdo de su tía Niurka jugando al Veo veo con él camino a Boca Chica en la minivan que alquilaba cuando visitaba la República con unas amigas españolas que fumaban como chimeneas.

Veo veo. ¿Qué ves? Una cosita. ¿De qué color? Dorada. ¿De qué tamaño? Pequeña. ¿De qué está hecha? De metal. ¿De hierro? No, de oro. ¿Tus argollas? ¿Tus anillos? Así por media hora.

¿Una pista? Está en la mano de un ángel. Argenis buscaba una respuesta en las nubes gigantes a ambos lados de la carretera. Luego, cansado, su mirada caía sin esfuerzo sobre la estampita de San Miguel Arcángel que colgaba del espejo retrovisor. La espada alzada sobre un demonio que comenzaba a arder bajo la bota del soldado celestial y en la mano izquierda la balanza de oro de la justicia divina.

Para llamar a su tía tendría que caminar hasta el Hotel Nacional y pagar un ojo de la cara por unos cuantos minutos. En la gaveta de la mesita de noche estaba la billetera de Bebo y su pasaporte. Argenis sacó la cartera de cuero azul turquesa sin pedir permiso y miró dentro. Un fajo de dólares de distinta denominación no permitía cerrarla completamente. Con dos dedos como pinzas extrajo ochenta dólares y la devolvió a su lugar pensando en que los privilegios de los que gozaba su amigo sostenían la tesis sobre la reencarnación tan efectivamente como esos niños con moscas en los ojos en los anuncios de Unicef. Se llevó los billetes nuevos a la nariz. Tan nuevos que con el filo se podía sacar una tajada a una papaya madura. Bebo debía de haber sido un santo en su otra vida y él, mínimo Trujillo. Bendecido por la abundancia, el dinero era para Bebo una abstracción, una idea que no ocupaba ningún lugar en aquella cabeza de rizos que un peluquero siempre recortaba como los de un emperador romano.

Bebo pidió una manta. A estas alturas se daban por cancelados todos sus compromisos, excepto la lectura del poema «Las siete en punto» de Virgilio Piñera, que rezaba como un rosario a la misma hora del título todas las noches. Argenis le alcanzó una frazada rosada que había sobre una silla y Bebo se tapó con ella de pies a cabeza. En los hombros de la silla, bajo la manta, Argenis descubrió una chaqueta sport color crema colgada allí para que no perdiese su forma. Una chaqueta que Bebo usaba con bermudas y camisetas blancas y que le quedaba, como todo lo que se ponía, como si se la hubiesen cosido encima. La etiqueta bordada en hilo color vino en el cuello de la prenda le llamó la atención. Argenis la levantó y leyó el nombre del sastre: Orestes Loudón. El nombre le sonaba. «Habrá que despertarse un poco más», recitó Bebo desde debajo de la frazada donde descifraba a Piñera con una diminuta linterna. Argenis se metió dentro de la chaqueta mirándose al espejo, que Bebo había puesto frente a la cama para disfrutar del reflejo de sus amantes. La camiseta de The Police de Argenis le daba un toque edgy al blazer, pero no los jeans cortados. Se peló los shorts como una cáscara vieja y sacó del closet un pantalón de algodón. «Tenla presente en medio de tu infierno», susurraba Bebo bajo la manta, que iluminada desde dentro, en la recién llegada oscuridad, parecía una pequeña tienda de campaña sobre una ladera.

Al admirar su nuevo look volvió a recordar a su padre aquella mañana frente al espejo del sastre. Midiéndose un traje a la medida que pagaría con el dinero del regalo de Navidad de su hijo. El olor a cigarrillos y a textiles nuevos le llegó junto con el nombre del tipo menudo que le guiñaba un ojo mientras su papá contaba los billetes sobre la mesa de la máquina de coser. Aquel Loudón era el único testigo de la deuda que ese día su padre había adquirido con él, cuyo recuerdo, como una factura arrugada en el fondo de un bolsillo, Argenis había recuperado durante su enfermedad. Un recuerdo que ahora valía mucho más que un traje. Una deuda que había acumulado intereses y que Argenis estaba listo para cobrar.

Salió del cuarto y encontró la casa vacía, igual de vacía que la caja de papel de inodoro, que había sido abierta de manera violenta. Los compañeros de Bebo habían reclamado su botín del día: la seda china del papel de inodoro marca Charmin. Antes de que Bebo lo salvara de darle el culo a un español ya se lo había rajado durante meses con el papel cubano, un papel muy delgado y áspero que no protegía los dedos de la mierda.

Bajó en un ascensor forrado de espejos, en el que su cabeza, una cabeza un poco cuadrada, pero hermosa, se reflejaba infinitamente. Sentía cierto placer y seguridad gracias a la ropa de Bebo, como si el disfraz que llevaba puesto despistase sus complejos. Se imaginó en un traje a la medida en el opening de su primera exposición individual. Imaginó que vendía todas las piezas y que algún periódico le dedicaba la portada del suplemento de cultura.

Al llegar al Hotel Nacional un empleado de seguridad le tocó el pecho con una mano puntiaguda. «Aquí no se permiten nacionales, compañero.» Compañero del culo, pensó Argenis y sacó el pasaporte dominicano, un pasaporte que en medio mundo le hubiese traído problemas, pero que aquí, gracias a las estupideces de la Revolución, era tan bueno como uno suizo.

«Perdone, caballero», se excusó el seguridad, mientras le mostraba el camino hacia el locutorio de cubículos tapizados y lleno de voces extranjeras, desde donde había llamado a su tía Niurka por primera vez hacía una semana con el dinero de Bebo. Cuando su tía levantó el teléfono al otro lado de la línea se escuchaba el ruido del tapón del viernes por la noche frente al edificio en Santo Domingo. Había regresado de Europa hacía poco y alquilaba un apartamento en la Bolívar, en ese Gazcue que Argenis comparaba otra vez con el mortecino Vedado.

Argenis extrañaba aquellos ruidos. Los choferes maledicentes, la chopería frenética, la basura asediada por miles de mimes en las cunetas, los cargadores para celulares, plátanos y musús, las hinchadas manos de los mendigos haitianos, extrañaba su pocilga. De vez en cuando, en medio de la turba uno sentía algo hermoso. Una luz que iluminaba todo, un color y una luz que hacía que el molote cobrara un sentido secreto. Como una canción de doble sentido, sólo que esta vez la canción era vulgar y el sentido oculto sublime.

«¿Qué dice el artista?», le preguntó Niurka con voz alegre. «Lo que queda de él», le respondió Argenis. «¡Surprise, te compré el pasaje!», le gritó ella. «Gloria a Dios», dijo él. «¿Fuiste a Cuba a meterte a Evangélico?», le preguntó ella sobre los bocinazos de carros públicos y voladoras. «La Revolución hace milagros y el hijo de la gran puta de papi también», dijo Argenis, y reía un poco. Niurka sabía que la llamada era cara y le informó para adelantar: «Tengo el número de confirmación, ¿tienes con qué anotar?». Argenis sacó la cabeza por encima del cubículo e hizo la señal universal de escribir juntando el pulgar y el índice para dibujar una letra en el aire. Un alemán de gafas de fondo de botella le pasó un marcador negro marca Sharpie y con él escribió el número de confirmación de su boleto aéreo en el interior de su antebrazo. Tras colgar, salió del hotel deprisa para no devolver el marcador. Maquillada por la oscuridad, La Habana recobraba algo de su antigua gloria, como una puta vieja con las luces apagadas. Aprovecharía aquellas últimas horas para pasearse como un turista. Admiraría la arquitectura barroca, las ceibas centenarias, las amplias aceras europeas, sin preguntas capciosas sobre las carencias de nadie, ni sobre el derrumbe inminente de infinitas ruinas dispuestas como sobras en el plato de un titán.

Eran gritos que empujaban hacia fuera, gritos de otro mundo que abultaban el presente como la sangre en una roncha. Él había gritado así. En el 2001, durante la residencia artística en la costa, comenzó a tener visiones de vacas mutiladas y bucaneros degollados. Sus propios gritos lo despertaban por la noche. Lo habían expulsado de la beca por aquellos gritos, gritos como éstos, vacíos de miedo o indignación, alaridos que pedían, que suplicaban, misericordia.

Se levantó de su nueva cama, el sofá de la sala de Niurka, y caminó hasta la habitación de su tía por el pasillo, navegando el sonido de los gritos en la oscuridad como un murciélago. Abrió la puerta y la encontró tiesa y boca arriba, con los puños y los párpados cerrados con una fuerza que nada tenía que ver con el descanso. Un poco de saliva espumosa asomaba en la comisura de los labios. La luna llena rayaba las sábanas con la sombra de las rejas de seguridad de la ventana. Afuera, un motorista arrastraba latas amarradas a su concho para celebrar la toma de posesión del Partido de la Liberación Dominicana, el partido de su padre. Era la misma técnica que usaban los fanáticos del béisbol para celebrar a sus campeones.

Forzó una delicadeza que no le salía natural para sacudir a su tía por el hombro. «Tía Niurka», le dijo, «es una pesadilla.» Ella abrió los ojos expulsando un último grito, mucho más quedo, fuera de sí. Se incorporó lenta y callada. «Estabas gritando», le dijo Argenis. «¿Estás bien?» «Estoy súper», dijo ella, buscando las chancletas con los pies sin encender la lámpara. Se tiró la sábana encima, aplastando el redondeado arbusto de su pelo crespo y caminó con Argenis detrás hasta la cocina. Sacó un pote de Barceló Imperial de la despensa con la familiaridad con que se saca un galón de leche de la nevera para el desayuno y ya en el comedor encendió el bombillo y sirvió dos vasos. Argenis vació el suyo sin esperarla y ella, mirándolo a los ojos por primera vez, hizo lo mismo.

«¿Qué soñabas?», le preguntó Argenis. «Lo mismo que todas las noches», le respondió ella mientras se bajaba un segundo vaso para aclarar los surcos que como un tractor habían dejado los gritos en su voz. «¿Y qué es lo que ves?» Ella se abrió un botón de la bata y se sacó la teta derecha con una mano. Una teta sin pezón. Bastaron unos pocos segundos para que la cicatriz en diagonal sobre la areola se quedara grabada en la retina de su sobrino, haciéndole ver su forma de ciempiés en las paredes muchos minutos después de guardada la teta.

Argenis se empujó un segundo vaso mientras sentía cómo la pastosa atmósfera de la hora de las revelaciones íntimas se cerraba sobre su cabeza. Balbuceos visuales involuntarios de lo que, estaba seguro, Niurka iba a contarle se desenrollaban en su mente como el trailer abstracto de una película de terror.

«Yo no era comunista ni nada. Tu papá fue siempre el cabeza caliente. Pero tiene una suerte del carajo y después del chapeo del 71 no lo pudieron volver a atrapar. Yo coleccionaba fotos de los mártires que salían en el periódico, Orlando Martínez, el Moreno, Tingó. Como si fuesen postalitas. Me gustaba mirarlos allí, en su caja de zapatos. Ellos estaban muertos y yo viva. Viva con mis secretos adentro, secretos que nada tenían que ver con Balaguer o con Castro. Ellos se lo habían buscado, como decía mami Renata. Querían morirse. Andaban en la calle tentando al diablo con sus consignas y planificando golpes que nunca llegarían a nada. Los rebeldes eran unos amateurs y los asesinos de Balaguer unos profesionales. Te daban pa' bajo hasta por tener un título universitario. Yo no quería tumbar ningún gobierno. Yo lo que quería era salir a bailar, pero José Alfredo no me dejaba ni oír música en inglés. Un fucking hombre que vino a escuchar a los Beatles en los ochenta, porque se los puso Tony Catrain, que si fuera por él estaría todavía escuchando a Niní Cáfaro.»

Niurka sonrió tristemente al decir Cáfaro y se puso la mano un segundo sobre la pijama justo donde quedaba la teta, como haciendo clic para cerrar un folder. Se sirvió luego un tercer trago, miró el contenido del vaso y se lo echó dentro cual cubeta de agua sucia a la calle. Argenis respiró aliviado, intuyendo que la historia detrás de la teta había sido pospuesta para otra noche. No podía permitir que una mujer le ganase bebiendo e imitó el gesto de su tía con un último trago, a pesar de que los dos anteriores lo arañaban por dentro. El reloj de pared que había sobre el ventanal marcaba las cuatro de la mañana. Niurka se levantó y caminó en dirección a su cuarto, apagó la luz general y le dijo, sin mirarlo, «acuéstate, para que aproveches las horitas que te quedan».

«Las horitas que me quedan», repitió en voz alta Argenis, echándose en el sofá-cama de Ikea con la cabeza para los pies y los pies en las almohadas, y añadió, «eso parece una sentencia», sin que su tía escuchara el chiste. En la posición en la que estaba podía ver, gracias a la luz de la calle, las fotos que Niurka había colgado en la pared sobre el sofá. Niurka en su primera comunión con el pelo crespo alisado bajo el velo blanco y los ojos grises que eran en realidad verdes. Niurka en su primer cumpleaños junto a un bizcocho en forma de herradura. Niurka abrigada y feliz en el Parque del Retiro en Madrid a principios de los ochenta. La madre de Niurka, su abuela Consuelo, en el patio de la casa de Renata y Emilio, donde trabajó siempre, riéndole una ocurrencia al fotógrafo con la cabeza llena de canas y con el uniforme azul de sirvienta, que ni Niurka ni José Alfredo habían logrado quitarle.

En las demás paredes había serigrafías de Bidó que Niurka había heredado de Renata y algunos carteles laminados de conciertos en Casa de Teatro. Junto a la puerta de entrada había un disco de vinilo de los Beatles enmarcado y, sobre la puerta, un muñequito de trapo vestido con un traje de chaqueta y pantalón hecho de jean. Los muebles los había traído de su apartamento en España. El aparato de música, lo mejor de toda la casa, lo acababa de comprar en Plaza Lama junto con los abanicos de techo y la nevera.

Mirando las fotos y la casa se podía pensar que su tía era y había sido feliz. Pero ahora, superpuesto a ese paisaje, estaba el ciempiés en la teta. ¿Por qué nadie le había hablado de aquella teta? ¿Sabían los demás que Niurka no tenía pezón? ¿Sabían que por las noches sus gritos se escuchaban en la Bolívar?

Era obvio que estaba desvelado. Y el desvelo se iba a meter las horitas que le quedaban como su tía el ron de la despensa. Caminó hasta el librero buscando algo que hacer. Encendió la lamparita de leer junto al mueble y descubrió que allí, colgado en uno de los anaqueles, había un vestido en una percha cubierto con el plástico con que regresa la ropa de un Dry Clean o de una sastrería. El traje era verde y rojo y, al acercarse, notó que la falda era una falda en tiras, como las faldas de los soldados espartanos. Levantó el plástico y comprobó que aquello era una especie de disfraz. Un traje de soldado o de ángel. Al pie del traje en el piso había una espada y unas sandalias. La espada era dorada y decía TOLEDO en la empuñadura. Las sandalias eran de piel rústica de tiras largas, de esas que se cruzan en la pantorrilla y que Argenis había visto por primera vez junto con el resto del conjunto en una imagen hacía mucho tiempo.

Tendría tres o cuatro años y realizaban la visita obligada de los domingos a casa de Renata y Emilio, en la que su abuela seguía sirviendo. Su hermano Ernesto era el favorito de don Emilio y de su papá también. José Alfredo tenía preparadas unas preguntas sobre historia dominicana reciente: la revolución de abril, las hermanas Mirabal, Orlando Martínez, que Ernesto respondía elocuente para el deleite de don Emilio. Argenis, mientras tanto, se escurría hacia la habitación de su abuela, una habitación oscura y húmeda en la que sólo entraba luz por una persiana de un pie cuadrado que daba a la calle.

Allí, sobre una mesita iluminada por una vela, había dulces de coco y batata y botellas de refrescos gaseosos frente a un cuadro de San Miguel Arcángel, que presidía la mesa con su espada, su balanza y una melena de bucles rubios.

Bajo el pie del ángel había un hombre negro de cuernos y garras, que parecía ser parte de la tierra misma, también negra y en llamas. El ángel estaba a punto de abrirle la cabeza al negro con la espada, pero la eterna amenaza nunca se concretaba.

Hipnotizado con la atmósfera de aquella cueva de paredes sin pintar, de espejos bajo la cama, de corchos alfilereados que flotaban en el agua de una jícara, de pañuelos de colores amarrados a una silla, de botellas llenas de matas, de hilos tejidos bajo la almohada, de chancletas puestas en cruz, de olores amargos, tabacos a medio fumar, campanas y santos de plástico, Argenis alcanzó los dulces y una botella de refresco. El dulce estaba rancio y el refresco caliente. Devolvió el dulce mordido a su sitio y se dio un segundo trago para despegarse el azúcar quemada de las muelas. Consuelo entró sin avisar y lo arrastró hasta el patio por una oreja. «Muchacho er carajo, eso es de Belié.» «No se lo digas a papi, Mamina», le suplicó a su abuela con migajas de coco en los labios. Ella sintió pena y lo abrazó contra sus pequeños pechos, que olían a jabón de cuaba. El dulce viejo y la gaseosa comenzaron a surtir efecto y Argenis sufrió un ataque de cólicos, por el que lo acostaron en el cuarto que había sido de Milito y luego de Niurka, antes de que ésta se fuera a estudiar a España con una beca.

Durante los ochenta, Niurka regresaba un año sí y uno no con las enfermeras del siquiátrico en el que trabajaba y para esos viajes alquilaban la casa en Las Terrenas de Tony Catrain, el mejor amigo de José Alfredo. Era una cabaña alpina de tres habitaciones en la idílica y solitaria Playa Bonita. Su papá los llevaba a él y a Ernesto para que vieran a su tía mientras Etelvina se quedaba trabajando en la capital, dejándole espacio a José Alfredo para disfrutar de las españolas, que se asoleaban desnudas durante el día frente a la casa y que por la noche se metían con él al agua oscura sin averiguar si los niños ya se habían ido a la cama.

Argenis levantó la espada y comprobó que no era un juguete. Pesaba y estaba tan afilada como una navaja de afeitar. La empuñó contra una sombra en su mente, una sombra hecha de manchas ocres que se definían poco a poco como una polaroid. Era su padre, sin ninguna protección contra aquella espada más allá de la grotesca papada que ganaba terreno en las fotos que de él publicaban en los periódicos.

Estás cada vez más viejo y más feo y seguro ya ni se te para, pensaba Argenis mientras ensayaba una cadena de movimientos con el arma. Repitió su detallada coreografía varias veces mientras el exterior se comenzaba a poblar con el ruido de los motoconchos y de las voces masculinas que anunciaban los destinos de las guaguas y los carros públicos. El sonido de su tía bajo la ducha lo interrumpió y, al devolver la espada a su lugar, los detalles dorados del cuello del disfraz en la primera luz del día atrajeron su mirada. En unos segundos hizo una lista en su mente de los colores y pinceles necesarios para copiar aquel efecto de lentejuelas y luz en una tela. La receta pictórica surgía en él como un reflejo, un efecto secundario de su educación artística.

Cuando Niurka salió del baño, Argenis le tenía preparado el desayuno. Tostadas, huevos duros y café. Además de unas cuantas preguntas. Llevaba un vestido corto de lino a rayas rojas y blancas y el pelo recogido en un moño que permitía que sus ojos verdes, sin afro con el que competir, procurasen para sí toda la luz de la sala. Él ya había comido y buscaba en las páginas amarillas la sastrería de Orestes

Loudón. «¿Qué buscas?», le preguntó ella untando mermelada de naranja a una tostada. «Un sastre», respondió él, mientras arrancaba la hoja a la guía telefónica y se la metía en el bolsillo. «Tú nunca has sido de andar en trajes», dijo ella metiéndose un bocado demasiado grande en la boca. «Siempre hay una primera vez», dijo él echándole un ojo al disfraz de San Miguel Arcángel, su motivo de curiosidad, posponiendo las preguntas sobre el mismo para otro momento y levantándose a poner otra greca de café.

«H asta el parque», pidió Argenis, pasando las monedas de su pasaje al chofer del carro público. El hombre recibió el pago extendiendo una mano hacia atrás sin voltear su pequeña cabeza mientras aprovechaba la luz roja en el semáforo para indicarle a alguien al otro lado de su celular que le pusiera seis huevos a sancochar con un par de panes.

Argenis imaginó a la mujer al otro lado de la línea pelando los huevos ya duros y machacándolos con sal y aceite hasta convertirlos en una pasta amarillenta que untaría en unos panes de agua recién llegados del colmado. El olor imaginado le abrió el apetito, pero el olor de las distintas pestes con que los pasajeros habían curtido el vinilo de los asientos del carro era mucho más fuerte.

La puerta no tenía vidrio y Argenis sacó la cabeza para respirar el aire fresco, pero afuera olía a leche cortada, ese olor amargo y líquido de los vegetales en estado de putrefacción. Olía a mierda de deambulante, a sudor, a capas de sudor con hollín, al polvo que levantan los taladros de los obreros haitianos. Olía a ratón muerto, a congregación de palomas enfermas, a vómito de borracho y al sancocho verde de agua aposada en las cunetas durante meses y meses.

La mujer al otro lado del celular sacaba con un cuchillo una capa de esta mezcla como si de una barra de mantequilla se tratara. Argenis podía ver pedazos de dedos humanos de sucias uñas compactados en aquella barra y luego al chofer engullendo el asqueroso sándwich con una boca de pocos dientes.

«Habilidades de artista», llamaba la profesora Herman a la involuntaria facilidad con la que su alumno mezclaba realidad e invento, repitiéndoselo para tranquilizarlo cuando fue a llevarle libros y cigarrillos al ala de higiene mental de la UCE hacía ya tres años, regalos que había sacado de un bolso Hermès, sonriente detrás de sus grandes y carísimas gafas oscuras. Ahora que el Partido de la Liberación Dominicana había ganado, su próximo nombramiento como directora del Museo de Arte Moderno era inminente. Su formación y carrera merecían aquel nombramiento, pero se lo hubiesen dado aunque fuese analfabeta gracias a la posición de su madre en el partido.

Al bajarse del carro frente al cementerio de la Independencia, Argenis vio a través del portón de hierro a una mujer regordeta que encendía, sobre una tumba, una vela negra junto a un moro de habichuelas en un caldero tiznado. A sus espaldas, dos cincuentones mulatos sostenían velas del mismo color y oraban con los ojos cerrados y las camisas manchadas de sudor. La mujer interceptó la mirada de Argenis y levantó las cejas con la misma actitud con que se levantan los brazos para retar a un oponente en una pelea callejera. Luego se llevó una botella de ginebra a la boca, hizo un buche y sopló fuera para rociar la comida que ofrecían al Barón del Cementerio. El líquido atomizado bajo los rayos del sol formó por un segundo un pequeño arcoíris en el aire. Eran las doce del mediodía en el Casio de plástico rojo que Niurka le había regalado y afuera del camposanto se apiñaban los billeteros, vendiendo sus quinielas polvorientas para el sorteo de la lotería.

Susana le había advertido en el balcón de La Habana: «lo único que ha cambiado desde la Edad Media es la tecnología, la carne del mundo sigue presa de las mismas supersticiones». Junto al portón, viejos y viejas asediaban a los billeteros con dinero en las manos, solicitando números específicos con los que habían soñado durante la noche.

La luz de un sol blanco no dejaba nada a la imaginación, las paredes agujereadas de los negocios y el imponente óxido en los portones y alcantarillas salían a la superficie como textos resaltados por un marcador fosforescente. Cuando llegó al Hospital Padre Billini estaba sudado de pies a cabeza y, por primera vez, pensó que tal vez aquélla no fuese una buena idea. Junto a la puerta del hospital, en una pila de su altura, se apiñaban bolsas de plástico rojo, de ese color porque contenían desechos orgánicos, gasas ensangrentadas y jeringuillas usadas. El montón de basura transpiraba la misma energía desagradable que la fila de enfermos de aspecto terminal que a su lado esperaba turno para una consulta o la entrega de un medicamento. Algunos rezaban. La cola llegaba a la esquina, y en esa esquina estaba el colmado en el que su papá le había transmitido el significado secreto de la Navidad hacía ya casi veinte años.

Adentro, el hijo del banilejo que los atendiera aquella vez preparaba sándwiches cubanos para complementar su oferta. Era necesario conmemorar el regreso del odioso recuerdo y Argenis pidió lo mismo que su padre aquella vez. Una chatita de ron y una Pepsi, que mezcló en un vaso de

foam con hielo y con la mitad de un limón verde. Los cuba-
libres le quedaban cada vez mejor y éste bajaba por su esófago como una brisa playera. Sin poner un pie fuera de la
sombra que los aleros del colmado proyectaban en la acera chequeó las jeepetas del año que había parqueadas en la
sastrería de Orestes Loudón al otro lado de la calle. Se decidió a cruzar y lanzó el vaso vacío de tres, encestando en
un zafacón aledaño.

Justo en la entrada habían añadido un sofá italiano, sentados en el cual los dueños de las jeepetas esperaban ser
atendidos, esta salita de espera estaba ahora dividida del
taller por un pesado telón carmesí. Las paredes antes desnudas estaban pintadas con un color crema bizcocho que
no disimulaba las grietas centenarias en la mampostería
española. Detrás del sofá había un cuadro enorme de algún imitador de Guillo Pérez, Argenis pensó que era horri-
ble. Abrió la cortina y volvió a ver la mesa cubierta de telas
y retazos al fondo del taller y una televisión de pantalla pla-
na en la que dos ayudantes de Loudón, que cosían en sus
respectivas máquinas, veían *La opción de las doce*. La puerta hacia el cuartito de al lado en el que Loudón tomaba las
medidas estaba cerrada. Los ayudantes voltearon a mirarlo y se miraron entre ellos antes de volver al programa de
comedias. No entendía por qué el sastre no había aprove-
chado su éxito para salir de aquel local que, aunque retoca-
do con objetos de valor, seguía luciendo como un calabozo.

Argenis podía oler el humo de cigarrillo por debajo de la
puerta; al abrirla el sastre sonrió y, al reconocer la chaqueta que le había confeccionado a Bebo y que Argenis llevaba
puesta, alargó sus dedos oscuros hacia la solapa, quitándo-
sela de encima con suavidad. «Nunca te pongas ropa de otro

hombre», dijo y se detuvo un segundo en el sucio del sudor acumulado en el borde del cuello, junto a la etiqueta, mientras ponía el saco en una percha y lo colgaba en la manivela de una persiana.

«Pensé que nunca ibas a venir», musitó Loudón y le ofreció una silla frente a su máquina, una silla de plástico blanco de las miles que habían sustituido con su apariencia de bacinilla geriátrica a las sillas de guano artesanal. El sastre llevaba una polo roja y pantalón negro; se veía, gracias a la polo, más joven que en los ochenta. El bigotito cuadriculado seguía en su sitio y llevaba las uñas pulcrísimas y unos milímetros más largas de la cuenta, como un guitarrista. Argenis se hizo la pregunta en su mente: «¿Se acuerda de mí?». Y Loudón le respondió: «Eres idéntico a tu pai, pero tienes mejor percha y color, porque José Alfredo es prieto y ahora, además de prieto, barrigón».

Llevaba meses maldiciendo a su padre en silencio, llamándolo mamagüevo en voz alta cuando nadie lo escuchaba, pero al oír a otro ridiculizándolo sintió pena y ganas de defenderlo. «La genética es todo», balbuceó Loudón al otro lado de la máquina mientras encendía otro cigarrillo con la colilla del que acababa de fumarse. «Tú sabes que pueden sacar tu ADN de ese cuello asqueroso», le dijo, y señaló con los labios la chaqueta de Bebo, y luego, mientras echaba humo por la nariz, «uno va dejando pedazos de uno por ahí, tenlo presente si vas a matar a alguien», y su risa, que brotó sin anuncio, era una risa muy aguda y burlona, una risa de puta vieja. Cuando vio a Loudón levantarse del asiento y tomar un metro amarillo que había colgado junto a otros en el espaldar de su silla, Argenis abrió la boca: «quicro un traje». «¿A qué otra cosa hubieses venido?», le dijo el sastre, invitándolo a levantarse mientras abría un cuaderno escolar gastado por el tiempo. Escribió *Argenis Luna Durán* sin preguntarle su nombre, con un Paper Mate rojo, en la cabeza de una página e hizo la pose de Cristo con los brazos en cruz para que Argenis imitara el gesto. Entonces, sin usar sus manos para fumar, con el cigarrillo en los labios, procedió a tomar las medidas a su nuevo cliente.

Argenis sintió el vinilo de la cinta métrica cerrándose alrededor de su cuello; estaba caliente. Tras cada medida Loudón anotaba, junto a la parte del cuerpo, el resultado.

Del cuello al hombro, tanto.

El pecho, tanto.

La cintura, tanto.

De hombro a hombro, el ancho de la espalda. Del cuello a la cintura, del hombro a la muñeca,

la anchura de la muñeca.

El largo y el ancho del brazo. La cadera.

El largo de la pierna.

De la cintura al nié y del nié otra vez al ruedo de la pierna.

Con estas medidas Loudón cortaría unos patrones como los que había pinchados con chinchetas en la puerta y luego, con ellos, la tela elegida. Aquellos patrones en papel de maíz le recordaban a Argenis los cueros de una vaca desollada. Sombras sacadas por una tijera como la luz las saca de un cuerpo contra la pared. Con esas sombras el sastre componía su maravilla a partir del gusto y las aspiraciones de sus clientes.

Tras cerrar el cuaderno, Loudón se agachó junto a una pila de revistas y sacó una. La hojeó y le mostró dos ejemplos a Argenis; en el primero, un modelo en una chaqueta sport azul marina de botones dorados se aferraba con una mano a la vela de un catamarán, y en el segundo, un hombre maduro cruzaba una calle europea con un traje formal negro. Argenis eligió el segundo. «¿Para qué es este traje?», le preguntó Loudón mientras aplastaba el cigarrillo en la suela de su zapato de cordones y lo lanzaba por la persiana. Por un segundo, Argenis pensó decir la verdad: «Para vengarme de mi padre, para hacerlo sentir culpable, para que pague lo que me debe». Sabía que iría a visitarlo, vestido elegantemente, pero no tenía muy claros los detalles de su plan. Le preguntó al sastre «¿cuánto me vas a cobrar?». «Tu papá me ha traído mucha gente, así que éste va por la casa», le respondió. Lo acompañó a la salita de espera, adonde los demás clientes refunfuñaron sin que Orestes Loudón se diese por enterado. En la puerta le agarró un cachete a Argenis, como se hace con los niños, y luego, súbitamente, terminó la caricia arrancándole unos pelos de la barba. Argenis se echó hacia atrás dolorido y el sastre le dijo, mirando los pelos negros que tenía entre los dedos, «ven el viernes y hazme el favor de echar a la basura esa ropa de pordiosero que llevas puesta».

Tenía sed y calculó lo que costaría ahora una Presidente en la fonda de Luis, alguien gritó su nombre y dio tres amigables golpecitos de bocina, Argenis se volteó a mirar y reconoció a Charlie Catrain, su amigo del alma, en una Nissan Ex Terra sobre la que descansaba una tabla de surf tipo long board. «¡Montate, men!», le pidió Charlie a la vez que bajaba el vidrio e invadía la acera con un delicioso chorro de aire acondicionado.

Antes de que el humo que salía de su boca se disipara, Charlie le pasó la bonga a Argenis para que prendiera con un encendedor la yerba en la bandejita y halara. El encendedor tenía una mujer impresa con tetas de enormes pezones rosados y el agua en el fondo de la bonga sonaba *bulub bulub bulub*. Al fondo, el disco *Nice Guys* de los Art Ensemble of Chicago daba vueltas en el tocadiscos de Charlie Catrain. Junto al tocadiscos, adornando el mueble de teca pulida, había otros aparatos análogos de los años setenta y en el extremo opuesto al tocadiscos una cabeza de Buda de piedra que sonreía estúpidamente.

A Charlie lo conocía de toda la vida. Su papá, Tony Catrain, y José Alfredo los habían enviado a ambos a Cuba al primer Congreso de la Juventud Comunista Latinoamericana, una especie de campamento de verano cuyo lema era «Seremos como el Che». A Argenis le tocó ir porque Ernesto tenía varicela. La comida sabía a rayos y las discusiones sobre el próximo color de la boina de los pioneros eran agotadoras. Las anfitrionas, sin embargo, estaban buenísimas y dirigían las clases de natación por las tardes en la piscina. Una de esas tardes Charlie lo llevó a un edificio vacío del complejo en el que se celebraba el evento y allí, sobre una colchoneta hedionda, lo obligó a perder su virginidad con una muchacha de Matanzas muy delgada y desteñida a la que convenció de abrir las patas con un paquete de esmaltes de uña que la madre de Charlie le había hecho empacar para regalar a sus compañeritas revolucionarias. Argenis metió su pene en aquel toto huesudo y se vino sin menearse ni una sola vez. Luego Charlie, con la bolsa de pintauñas multicolores en la mano, hizo que la chica se lo mamara a él de rodillas, diciéndole a Argenis, «la próxima vez piensa en tu abuela para no venirte tan rápido, maricón».

«¿Cuál es tu plan?», le preguntaba su amigo ahora, mientras Argenis recordaba cómo el pene juvenil de Charlie había decorado la cara de la cubanita con telarañas de leche como una calavera en Halloween. Esperando una respuesta, Charlie se quitó los zapatos y le pasó la bonga a Argenis otra vez, como para darle ánimos. «Tengo un plan», dijo por fin Argenis mientras tosía reseco por la yerba. «¿De qué se trata?», volvió a preguntarle Charlie levantándose del sofá blanco en forma de L, sobre el que de vez en cuando seguía pagando para que se lo mamaran.

Argenis recibió la bonga y jaló con esa mala maña de responder las preguntas en su mente. Charlie caminó hasta la meseta de la cocina y se peinó los bucles con la mano y allí, de un cofrecito de madera fina, sacó un bolón de perico del tamaño de un puño de bebé. El olor a cloro de la cocaína le llegó a Argenis hasta las entrañas. Saboreó la raya que iba a meterse en unos segundos, cuando Charlie lo invitara pasándole una tarjeta de crédito para que la usara como gillette. Charlie se sentó de nuevo junto a él, descalzo, pero con el pantalón de su traje gris perla Hugo Boss y la corbata rojo sangre todavía en su sitio. Minutos antes, al entrar al apartamento, había hecho una bola con la chaqueta y la había lanzado sobre la mesa del comedor. Por el cuidado que ponía en arrugarla Argenis supo que le sobraban. Su padre, en cambio, cómo cuidaba aquel primer traje que le hiciera Loudón. Cuando regresaba de la calle se lo quitaba de inmediato y lo colgaba en una percha en el balcón para que se aireara, para pasearse en calzoncillos por la casa, preguntando si la cena estaba lista mientras su mamá machacaba unos plátanos verdes en silencio con un vaso de aluminio bajo la amarilla luz de la cocina.

Argenis machacó la coca con el borde de la tarjeta e hizo sobre el vidrio de la mesa de centro dos rayas para él y dos rayas para Charlie; quien, con un billete de mil hecho un rollito, inhaló el perico sin cortar que conseguía con unos socios venezolanos de su padre. Tony Catrain era la oveja negra de una adinerada familia de abogados. Había estudiado en Italia y regresado en 1972 a Santo Domingo a disfrutar de la compañía de la vanguardia política y artística dominicana, a la cual entretenía todos los fines de semana en su casa en Las Terrenas, entonces desierta, ideal para experimentos sociales e invisible para Balaguer y sus esbirros. Durante su esplendor revolucionario José Alfredo lo había impresionado, pero en los años ochenta Tony le sacó los pies para retomar una amistad poblada de intereses mutuos cuando José Alfredo se instaló junto a su partido en Palacio.

Charlie había hecho un doctorado en Derecho Internacional, pero como su padre, ahora defendía corruptos de todos los partidos. Como Argenis, tenía una exesposa, una chilena que le había parido un niño cuya foto en uniforme de fútbol, en Valparaíso, estaba pegada a la nevera con un imán que también era un abridor. Charlie se había convertido, sin dificultad, en una encantadora versión de su propio padre. Se le veía satisfecho y tranquilo. Argenis, por el contrario, llevaba mucho tiempo peleando contra el irritante parecido que le devolvía el espejo y pensaba que todo lo que había hecho hasta ahora era ensuciar aquel reflejo, desfigurar la cara de su padre en la suya. De chiquito se sentía orgulloso de ese parecido, era lo único en lo que podía ganarle a su hermano Ernesto, que tenía la piel y el pelo claro de su madre.

Tras aquella lejana visita al sastre, cuando ambos se miraron en el espejo del taller de Loudón, su padre vestido de gala y él diciéndole adiós a Santa Claus para siempre, comenzó a odiar aquella cara y sus gestos vanidosos y miserables.

Horas más tarde, la mesa del comedor de Charlie se convertiría en un modesto laboratorio, cubierto con las pipas humeantes, ziplocs con marihuana hidropónica, pastillas y líneas de perico de sus invitados, exalumnos de la escuelita progre a la que Argenis iba de niño e hijos, como él, de miembros del partido. Dioradna y Fifo ya no eran aquellos miembros de Greenpeace que pedían firmas en la calle El Conde, ahora eran funcionarios del gobierno que preferían hablar de arte contemporáneo que de política. En el aire flotaba la sofocante competencia de varias fragancias de marca. No sabían o fingían no saber la crujía que pasaba Argenis y le preguntaban sobre su arte, sus pinturas, su próxima exposición como si nada hubiese pasado desde su graduación de Chavón. Eran la viva imagen de sus progenitores, pero sin la carga ideológica con la que éstos habían planificado atentados. Se veían contentos, nada ingenuos, agradecidos con las luchas que sus padres habían librado contra Trujillo y Balaguer, pero sin ningún ánimo de perpetuarlas. Conocían la razón de su actual solvencia, no se trataba de educación y progreso, toda esta plenitud era producto de un pacto. El PLD había pactado con Balaguer y había ganado las elecciones por primera vez en el 96. En un último sacrificio por la patria sus padres habían firmado con el asesino de sus camaradas. Agradecida de sus privilegios, sin contradicciones ni excusas, ésta era la nueva nobleza dominicana. Un extraño buen humor se le metió en los huesos y mintió con detalles muy específicos sobre una exposición que preparaba hacía meses: en su mente veía las piezas de dicha exposición ejecutadas y montadas en una galería amplia y bien iluminada, así como los artículos de la crítica en los periódicos y los stickers anaranjados con la palabra SOLD pegados junto a las piezas. La mesa le prestó una atención que Argenis no había recibido en años y sintió que algo en su interior comenzaba a dejarse ir, a relajarse, a acomodarse en aquel heredado parecido que sus interlocutores manejaban con esmero, a aprovechar la circunstancia genética, parecerse al viejo, ser como él.

Abrió los ojos en el sofá de Charlie, un sofá de diseño que temía haber ensuciado de saliva o sudor. Charlie, vestido impecablemente y con el pelo engominado, le sirvió unas tostadas con café en la cocina antes de llevarlo a casa de su tía Niurka camino al trabajo. Era verano y no había padres hundiendo la bocina hasta home camino a las escuelas de sus hijos. A la luz de esa hora las cicatrices que el crecimiento había dejado en Santo Domingo lucían menos agresivas, como la mugre en un mendigo que duerme apaciblemente. A Argenis le dolía un poco la cabeza cuando bajó del carro, se despidió y vio desde el portón del parqueo del edificio a su madre, que tocaba el intercom para subir a verlo a casa de Niurka. Él le había pedido a Niurka que no le dijese nada a Etelvina todavía, pero había sido en vano. Se escondió tras el muro del edificio y en un segundo calculó los efectos que la malanoche había tenido en su apariencia. Mami va a pensar que me estoy puyando, pensó calle abajo mientras meneaba la cabeza para sacarse de ella la pena que le causaba dejar allí a Etelvina, ilusionada con verlo, tocando el timbre de un apartamento vacío.

Caminó hasta la Máximo Gómez para hacer tiempo, le compró un café de termo a un paletero y se sentó en un murito del Supermercado Nacional. Todavía huía de la mirada de su madre como un adolescente. No quería herirla más, no quería decepcionarla. Tampoco quería responder sus preguntas sobre Cuba. ¿De qué iba a hablarle? ¿De Susana? ¿De Bengoa? ¿De Vantroi? Pensándolo bien, ella no iba a preguntarle por el pasado, a ella lo único que le importaba era el futuro, qué planes tenía, de qué iba a vivir, si iría a buscar trabajo al día siguiente. Entró al supermercado, le quedaban unos cuantos pesos del dinero que le había tumbado a Bebo. Compró leche, jugo de chinola y unos plátanos. Rumbo a casa de Niurka se detuvo dos veces para arreglarse la camisa frente a la ventana de un carro y confirmar que sus ojeras no eran tan profundas como pensaba. Al llegar al parqueo encontró a Etelvina recostada sobre el bonete de su carro, hablando por su pequeño celular. Al verlo trancó el celular sin despedirse y caminó hasta él con los brazos abiertos. Él puso las bolsas del súper en el piso para devolverle el abrazo, contento con el efecto que su pequeño teatro había surtido en ella. «Mijo, qué buenmozo estás», le dijo ella con los ojos aguados sin soltarle el brazo subiendo las escaleras. «Gracias, mami, tú también te ves muy bien», le dijo él y le besó la cabeza. En realidad la había encontrado mucho más vieja, estrenaba surcos junto a los ojos y la boca de los que se sintió responsable. Ya en el apartamento de Niurka pusieron café y lo tomaron con casabe con ajo mientras Argenis le contaba curiosos detalles de la miseria general en Cuba. Su madre había abandonado la ilusión castrista hacía tiempo, Etelvina no creía en nada y sólo la había visto rezar una única vez.

Era el 87 y, contra todos los pronósticos, Balaguer era otra vez presidente. Abrigados contra el extraño frío caribeño de comienzos de año, padres, madres, abuelos y niños aseguraban un turno en la repartición de juguetes anual del Día de Reyes en la casa del presidente. Su madre le había pedido que fuese con ella porque ese año iban a regalar máquinas de coser a las primeras doscientas madres que llegaran a la repartición. Su padre maldecía aquello, «la asquerosa limosna balaguerista»; acordaron no decirle nada.

Etelvina rezaba para que no la vieran. Ni sus amigas, ni sus excompañeros izquierdistas, ni nadie. La fila era larga, llegaba hasta el Teatro Nacional, y eso que el sol todavía no había salido. Todos los años había heridos. Madres que entraban a trompadas por una bicicleta, viejos capaces de sacarse los ojos unos a otros para alcanzar un bebé de caucho, niños llorosos porque les había tocado un balón de playa inflable. Argenis y Ernesto ya no querían juguetes, a Etelvina le pedían ropa, tenis de marca, dinero en efectivo, cosas que ella les compraba juntando el dinerito extra de las tutorías. Su sueldo de maestra de escuela le daba sólo para lo estrictamente necesario, le habían prometido una plaza como profesora en la Universidad Autónoma y aunque no creía en nada, en aquella fila que olía a longaniza frita, también rezaba por conseguirla.

Son máquinas Singer, de las buenas, le había dicho una amiga, porque Etelvina le había comentado que en su juventud en La Vega ayudaba a su madre a coser pijamas y batitas para niños y niñas, cortinas y fundas de almohada, cosas sencillas que vendían en el colmado de su padre. Tal vez, si recuperaba ese hobby podría coser algunas cosillas y venderlas en su casa. Etelvina le había mostrado a Argenis algunas de las que había cosido su madre y que guardaba de recuerdo, todas llevaban bordada una etiqueta con su nombre a modo de marca. Etelvina decía la etiqueta. Etelvina odiaba su nombre. Qué maldito nombre más feo, decía siempre que podía. Etelvina era nombre de sirvienta, de analfabeta. Era un nombre que convocaba todo lo que Etelvina quería limpiar del mundo. Pobreza, ignorancia y suciedad. Argenis estaba convencido de que, a pesar de su pasada militancia marxista, su madre odiaba a los pobres. Los odiaba por sus pies descalzos coge lombrices, por sus harapos y por la cruz con que en su infancia firmaban la cuenta en el colmado de su papá.

El abuelo de Argenis, un republicano español de los refugiados del 37, había enseñado a Etelvina a leer y a sumar a los cinco años, también le había explicado algunas cosas sobre un señor llamado Marx y ella había entendido. Un día, aquellas gentes curtidas por la miseria y la conformidad que venían a que les fiaran una libra de azúcar o una botella de aceite tendrían suficiente agua para bañarse y lavarse los dientes. Aquellos monstruos que sonreían con dientes picados y encías sanguinolentas, de verdes uñas roídas y dedos redondeados y callosos, de canillas esqueléticas y amoratadas por las sanguijuelas del arrozal, habrían de ser educados y saldrían del yugo de sus opresores. El socialismo olía a jabón de lavar y a libro de texto nuevo, era la pócima mágica contra la fealdad del mundo. No contra la injusticia, sino contra la desigualdad estética de los hombres.

Hacia las nueve de la mañana las puertas de la casa de Balaguer se abrieron y una total algarabía recorrió la fila de punta a punta junto con la noticia. Un policía había arrastrado hasta la acera de enfrente a un muchacho que había intentado carterear a una doña, le metía con la macana por las costillas y la gente le gritaba rómpele el culo y cosas por el estilo.

Argenis contó entonces la cantidad de mujeres que tenían enfrente, restando los niños, hombres y ancianos, para calcular la posibilidad que tenía su madre de conseguir una máquina de coser. Vio a Etelvina rezar otra vez, ahora por que le tocara una. Vieron cómo los primeros agraciados caminaban en vía contraria con muñecas, bolas de basket y ametralladoras de plástico. Un hombre muy alto llevaba contento una diminuta bicicleta azul, una adolescente aniñada de la mano de su abuelo albino llevaba un juego de cocina gigante y, detrás suyo, una señora mayor, negra como la noche, ayudada por dos nietos con las cabezas rapadas, cargaba una máquina de coser con la palabra BALAGUER impresa en la gavetita. Era el modelo con pedal de metal y mesa de madera barnizada que no necesitaba electricidad. La misma que usaba la madre de Etelvina en La Vega.

Un quedo murmullo recorrió la fila y luego el grito de «tan dando máquinas» abrió como una cremallera el precario orden que la policía llevaba horas tratando de imponer. Una estampida de criaturas en falda, rolos, tacos y batas bajó por la Máximo Gómez, soltando bebés en brazos desconocidos, soltando zapatos, maldiciendo y chillando la risa hacia el furgón del que bajaban gloriosas las Singer del presidente.

Contagiados por la euforia, Argenis y su madre habían corrido, habían empujado y se hallaban a unos metros de la boca del furgón. En ella, unos hombres que goteaban sudor hacían descender las máquinas hacia el remolino de brazos, las agitadas y feroces cabezas de una aglomeración de cuerpos que forcejeaban para ocupar todos el mismo lugar. Con un par de zancadas y con sus seis pies de estatura, papi le habría arrebatado de las manos la Singer a esos hombres, pensó Argenis, justo antes de que el puño cerrado de una molleta en la boca de su estómago le sacara el aire. El dolor le duró poco, anestesiado como estaba por la rabia. Nadó dando codazos, llorando, hasta que logró acercarse de nuevo a donde estaba su madre, con el moñito recogido desecho y los brazos llenos de rasguños. Estaba sola y no le importaba que la vieran. Sus amigas, sus excompañeros, todos unos comemierda.

Quería esa máquina para levantar unos pesos extra, para ahorrar para la universidad de sus hijos, para ponérsela a José Alfredo en la cara y decirle: «hasta Balaguer hace más por esta casa que tú. Mojón de agosto, arrimao, buscón, mantenío, abusador, degraciao». Argenis levantó sus delicadas manos para que le pasaran una, pero el movimiento constante del remolino lo tiró de culo junto a su madre hacia la orilla del molote. Etelvina se puso de pie una vez más frente a la vorágine para lanzarse en ella con los ojos cerrados, pero una mano en su hombro la detuvo, la mano de un elegante mulato de punta en blanco que le ofrecía agua fría en un vasito de plástico. Sin preguntarle nada, porque lo había visto todo, el hombre los condujo a la parte delantera del furgón, que estaba acordonada por cascos negros y una valla de metal. Argenis estaba seguro de que lo que los había salvado era que su mamá era blanca, blanca y bonita. Una señora con el pelo teñido de naranja les hizo señas y los dejaron pasar. La señora llevaba una camiseta roja con el logo del partido que decía lo que diga Balaguer en letras deformadas por sus enormes senos. «¿Usted es balaguerista?», le preguntó la mujer a Etelvina pasándole un formulario para que pusiese allí su nombre, su cédula y su dirección. Argenis vio cómo a su madre le temblaban las manos mientras firmaba aquel papel apoyada en su nueva máquina y cómo su letra, siempre hermosa y derechita, le salía tan fea como la de uno de sus alumnos de segundo grado.

La batidora humana de aquel día la había despeinado por dentro. Habían pasado casi veinte años y Argenis estaba seguro de que la Etelvina actual, la que no le aguantaba vainas a nadie, había nacido en aquella fila. La experiencia también había solidificado un vínculo que tenían desde siempre, uno que su madre no compartía con nadie más. La quería mucho, y ahora que envejecía frente a sus ojos, mientras sorbía el café con ruido, como siempre hacía, ese amor le dolía un poquito. Antes de despedirse, mientras ella escribía la dirección de la oficina de Ernesto, su otro hijo, en un post-it de los que Niurka amontonaba junto al teléfono, Argenis entendió que algo de su talento para el dibujo venía de las mayúsculas con las que su madre decoraba el comienzo de las oraciones y los nombres propios. «Ve a ver a tu hermano», le pidió ella, y le metió el papelito con autoridad en el bolsillo de la camisa.

«¿A qué viniste? ¿A pedirle cuartos a papi? ¿A poner a mami nerviosa? No estabas bien allá metiéndote de todo. Como siempre. Haciendo a uno pasar vergüenza. Papi te dejó de mandar dinero porque lo llamaron del servicio de inteligencia cubana para decirle que Bengoa te estaba suministrando tu droguita. ¿Tú eres idiota? Fucking estúpido. Anormal.

»¿Tú crees que papi no tiene amigos? Papi tiene amigos en todas partes, imbécil. ¿Por qué te da tanto trabajo hacer lo correcto? ¿Es que nada te importa? Que se joda papi, que pierda su posición en el partido, y mami que se muera de preocupación. Que se mueran, ¿verdad? Eso es lo que tú quieres, que se pudran. Dos héroes que han sufrido todo tipo de horrores por este país de ingratos para que tú vengas a hacerlos pasar trabajo. Comemierda.»

Ernesto no tenía fin. Vestido con un traje Prada color mostaza que le quedaba pequeño se limpiaba las uñas con la punta de un abrecartas mientras decía estas cosas. Las decía sin rabia, con una delicadeza fingida, como si hablara con una niña pequeña. Los pies sobre un escritorio cubierto de folders y papeles.

Argenis no sabía cómo mantenía su hermano esa oficina de muebles de Le Corbusier y amplios ventanales con vista a Naco y Piantini, en cuyas paredes colgaban los dibujos minimalistas de algún artista actual dominicano, algún excompañero suyo de la escuela de Bellas Artes, algún cabrón suertudo con mucho menos talento que él. ¿Cuánto habrá pagado por cada dibujo?, se preguntó dejándose caer sobre el esqueleto de metal de una de las butacas.

Ernesto interrumpió su ataque para coger una llamada y Argenis pasó de los dibujos a los zapatos de su hermano mayor, negros y puntiagudos, de un lustre sobrenatural. Estaban allí encima de la mesa para que Argenis se los besara, para que Argenis sacara la lengua y acariciara con ella la rugosa superficie de las suelas, como su hermano le obligaba a hacer cuando de niños Argenis perdía alguna apuesta. Porque Ernesto siempre le ganaba la carrera, era el primero en alcanzar el cogollo del pino de la esquina y sus escupitajos verdes llegaban al patio del vecino mientras que los de Argenis se quedaban colgando de las persianas.

Ernesto era mejor en los deportes, mejor en la escuela, mejor en todo. Sabía decir las cosas que complacían a su padre y Argenis, por más que se esforzaba, no daba con ellas. Su padre le había enseñado a Ernesto trucos con cartas, le había mostrado mapas antiguos en la enciclopedia y le había contado cuentos de la guerra que nunca compartió con Argenis. Su padre también halagaba a Ernesto delante de la gente, por sus éxitos como cátcher en la liga, por las notas sobresalientes, por sus dientes parejitos, por la forma en que cantaba con ojos aguados «Playa Girón» de Silvio Rodríguez.

Argenis creía poder ver el fruto de estos envidiados instantes en la holgada soberbia con que la columna vertebral de su hermano permanecía recta, con la que su barbilla señalaba algún punto en el horizonte y con la que su pecho se proyectaba hacia fuera como el de un gallo de pelea.

Ernesto se levantó de su enorme sillón, caminó tres pasos hasta el frente de su escritorio y dio un ligero saltito hacia atrás para sentarse en él. Era blanco como Etelvina, pero había sacado el apetito de su padre, era mucho más bajo que Argenis y un salvavidas de grasa comenzaba a rodear la mitad de su cuerpo. Sus patas colgaban como las de un pollo desplumado y Argenis pudo ver las medias a cuadros de colores que llevaba bajo el pantalón. Columpió los pies y se miró las uñas. «¿Sabes qué es esto?», le preguntó poniendo una mano en la loma de papeles. «Es el futuro. Proyectos, inversiones, capital. Contratos que vamos a darle a la gente. Inversionistas que vienen a meter dinero en tu país. El presidente me trajo de Argentina para que lo asesore. Tú podrías estar comiendo del bizcocho, pero como eres retardado.»

Otra llamada captó la atención de Ernesto y Argenis se atrevió a servirse un whisky del minibar de diseño que había en una esquina. Allí se miró en el espejo que cubría la pared, llevaba el pantalón marrón de Bebo y una camisa de algodón que su tía Niurka le había regalado. No se veía tan mal, excepto por las uñas de los pies demasiado largas, expuestas en las chancletas de cuero. Al fondo, un hombre de su misma sangre, en un traje de marca que le quedaba pequeño, seducía en voz alta a una de sus amantes.

Comenzaba a diluviar contra el ventanal y Argenis imaginó la escena de un musical dominicano. En él su hermano, con el traje de marca y la boina estrellada del Che, bailaba bajo una lluvia de contratos del gobierno para construir puentes, carreteras y dispensarios médicos. Ernesto repartía la torta entre otros corruptos coreografiados, casi todos barrigones y calvos, de elegantísimos trajes de súper lino, que daban vueltas sobre su eje sonriéndole a un cielo del cual bajaba torrencial un aguacero de papeles y mierda líquida. Con gusto sádico Argenis le llenaba la boca de esa mierda a Ernesto, hacía que la tragara, que la saboreara, con cara feliz y estúpida.

Una asistente había entrado con el almuerzo sobre una bandeja de plata. Ernesto lo había pedido de un menú media hora antes. Sin ofrecerle a Argenis volvió a su sillón y sacó las tapas de metal de los platos humeantes. Colocó el teléfono junto a la bandeja y lo puso en speaker, la insinuante voz de una mujer al otro lado le preguntó sobre el color de unas alfombras. Con los cubiertos partió el pescado y se metió un trozo demasiado grande a la boca. Brotaba los ojos de gusto con algo vacío y monstruoso, como el Saturno devorando a su hijo de Goya. Contento en el vientre del titán, imita sus gestos, pensó Argenis.

Mientras masticaba, Ernesto se sacó la cartera y cogió tres, cuatro billetes de mil. Argenis acababa de poner el vaso vacío de vuelta en el minibar de la esquina y otra vez había visto en el fondo del espejo a un hombre desteñido, marcado por el acné de su adolescencia, que sacaba dinero de una billetera. Sabía lo que vendría, pero esta vez estaba preparado. Ernesto le ofreció los pesos con la boca llena, pero él ya había abierto la puerta y estaba caminando hacia la salida de la oficina rumbo al elevador. Despreciado y rabioso, su hermano mayor lo persiguió hasta el lobby con el tenedor en la mano y allí, frente a la recepcionista, le dijo «a Mirta te la quitó una mujer, ah, ¿no sabías? Sí, papito, te la quitó una pájara. Una maricona. Anda por ahí muy feliz con su marimacha y con un muchachito igualito a ti».

Ya estaba dentro del ascensor cuando Ernesto dijo *igualito a ti*. Las puertas se cerraron y el aparato comenzó su lento descender hacia la calle. En las tripas tenía el mismo dolor que sentía en La Habana cuando dejó la morfina sintética. Unas ganas de vomitar absurdas, pues no tenía nada en el estómago, le hicieron buscar apoyo en la pared. Cuando se separaron, Mirta le dijo que se había sacado un muchacho. Un bebé de él. ¿Y si ese bebé estaba vivo? ¿Y si él tenía un hijo? Sintió pánico de lo que le esperaba allá abajo cuando por fin las puertas del elevador se abrieran. Los objetos cobraron de pronto una profundidad absoluta y absorbente, la noticia de su exitosa reproducción había hecho que su mundo, un mural paleocristiano, naïf, de dos dimensiones, se convirtiera en una pintura de Leonardo, de perspectiva vívida, ancha y en 3D.

A la salida del edificio de oficinas una hilera de taxis esperaba clientes. Dentro de los carros, abollados modelos de los ochenta de marcas japonesas, los choferes comían chinas, leían el periódico o dormían con el asiento del conductor en posición horizontal. Bajo una lona azul clara atada a un flamboyán, un paletero vendía cigarrillos, dulces y café en un termo oxidado. Compró una cajetilla de Nacional y se fumó uno mirando las galletitas de waffle rosado en la paletera, mientras de la radio de los taxistas surgían sonidos de roca molida. La lluvia había cesado y el vapor subía asfixiante del asfalto. Niurka le había pasado unos pesos para que se moviera, para que buscara trabajo. Su tía también le había prestado un pequeño celular que funcionaba con tarjetas prepagadas y tenía en casa para los amigos extranjeros que la visitaban. Tomó un taxi y le pidió que lo llevase al Mercado Modelo. En el camino marcó un número. Uno de los pocos números que todavía se sabía de memoria. El número de Rambo, su pusher de heroína.

Rambo no solía coger llamadas de teléfonos desconocidos, así que no insistió. Se calmó anticipando la paz que pronto, muy pronto, iba a sentir. Imaginar la aguja hundiéndosele le erizó la piel y le llenó el corazón de una pequeña euforia infantil. Evitó todo pensamiento de fracaso: que Rambo se hubiese mudado, que no estuviese en casa, que estuviese de viaje o muerto. Evitó también pensar en las buenas intenciones de su tía Niurka, en el afecto genuino que le demostraba y en las ofertas de trabajo que le había hecho. Dar clases de arte a mujeres abusadas o a agresores no era su idea de felicidad, pero en la ONG en la que trabajaba Niurka podían conseguirle un taller y materiales para que de una vez por todas retomara su carrera.

Rambo vivía en una calle aledaña al Mercado y Argenis, como no estaba enfermo de verdad, decidió caminar hasta el Pequeño Haití en la parte trasera antes de subir a tocarle la puerta. Cuando era estudiante en Bellas Artes solía comprar allí por un par de pesos artefactos de otras épocas, ropa usada que una haitiana vendía en una camioneta, camisas Ben Sherman de los sesenta, pantalones de colores de poliéster, incluso el motor de un carro a control remoto con el que había fabricado una máquina de tatuar casera. La mayor parte de estos tesoros venía del vertedero de Duquesa, era basura rescatada por los buzos que luego vendían sobre una toalla en la calle, tuercas, marcos de fotos y loncheras de plástico descolorido.

Éste es, pensó Argenis, el purgatorio de los objetos. Aquí terminan los que no alcanzan el cielo de las antigüedades y los que escapan al infierno de Duquesa. Quizá me toque a mí redimir una de estas cosas y elevarla a una vida eterna en mi habitación. Se sentía generoso y mucho más tranquilo, y antes de llegar al fondo de la calle, donde los buzos habían acomodado sus cachivaches, se propuso un juego estúpido. Si encuentro un objeto en forma de gato es que no debo puyarme. Renunciaba así a cualquier responsabilidad y se sintió aún más optimista. Lo del gato era accidental, fue el primer animal que le pasó por la cabeza y con la ocurrencia recordó el gatito azul de porcelana que su madre tenía en la casa cuando era pequeño. Recorrió con los ojos el borde de la acera, deteniéndose en piezas de hierro, plomo y bronce de origen desconocido, juguetes de playa, platitos de cerámica, canastas, herraduras, teléfonos, servilleteros, correas, tenedores con los dientes torcidos y, en un montón de peluches deshilachados, una gata negra con un ojo menos. La levantó para examinarla. El ojo que le quedaba era una gema de plástico esmeralda, al cuello llevaba un collarín de encaje plateado del que colgaba una piedra igual al ojo pero color rojo rubí y el terciopelo de su piel, aunque lucía varias áreas peladas, era brillante y muy oscuro. Era un juguete muy viejo, tal vez de los años sesenta. Tal vez de la época de Trujillo. Se sacó un billete de cincuenta pesos sin preguntar el precio y se lo pasó al buzo como solía hacer antes, el tipo se metió el dinero en el bolsillo sin levantar la vista de un aparato de acero que intentaba zafar con un destornillador. Tan pronto supo la gata suya, Argenis se olvidó del acuerdo que había hecho consigo mismo y caminó con paso ligero hacia el apartamento de Rambo. Apretó el peluche contra su pecho y sintió el relleno duro, de arroz o arena, que llevaba dentro mientras le preguntaba en voz baja «¿gatica, gatica, quién te tiró al zafacón? ¿Qué pecados te habrán impedido alcanzar la gloria eterna?».

Subió de dos en dos los estrechos escalones de una escalera que olía a meao y a cerveza. En el cuarto piso la puerta de su amigo lucía un sticker del último censo y una marca profunda hecha con el filo de algo. Hundió el timbre y escuchó el reperpero de alguien que esconde todo lo que puede porque siempre espera a la policía. Cuando abrió la puerta, Rambo, un mulato color aceituna, se puso blanco como la nieve. «Men, ¿qué tú hace aquí? Vete, men, véteme de aquí.» Rambo se estaba cagando de miedo y si no es porque Argenis mete la gata entre la puerta y el marco, se la cierra en la cara. La abrió de nuevo con algo de resignación en sus ojos de permanentes ojeras, pero sin dejarlo entrar. Al fondo, en una cocina oscura, una mujer con una camiseta demasiado grande encendía un cigarrillo con la hornilla de la estufa.

«¿Y qué es Rambo? ¿Tú tas pipeando es? ¿Qué paranoia es?» «Ninguna paranoia, manito», le dijo el pusher rascándose nervioso los brazos con ambas manos. «Tu papá vino con do' mono' y me metió una Beretta en la boca antes de mandate pa' Cuba. No te puedo vender nada, men. Véteme, largate, no me llames. Tú no me conoce, nunca me conocite y yo no sé quién tú ere.»

Ya no le quedaba nada, ni siquiera su pusher. Se tiró en el sofá-cama de Niurka y miró el techo, intentó recordar el teléfono de Hans, otro pusher que conseguía heroína y luego recordó que Bebo le había dicho que Hans estaba preso. Tía Niurka es siquiatra, pensó, si le explico, quizá pueda conseguirme unos valiums, unos lorazepam, algo. Prioridades de tecato, escuchó en su mente cómo le decía su exesposa. Fue a la cocina y se sirvió dos shots del Barceló Imperial, uno detrás del otro, regresó al sofá, encendió un Nacional y pensó en cómo Susana había dado el culo por él, para que él pudiese retorcerse a gusto en su cama del Barrio Chino. Pensó en el hijo que según Ernesto quizá tenía y otra vez le vino el recuerdo de su abuela Consuelo limpiando el arroz sentada en la banqueta de la cocina de sus jefes.

¿Qué significado tenía aquel recuerdo? ¿Por qué regresaba siempre como en un loop de hip hop? Era una imagen vívida, en colores, que le llenaba las narices con una mezcla de olores que incluía el Vick Vaporub que Consuelo se untaba en las rodillas, la madera vieja de los gabinetes y el sofrito para la carne en el caldero. Hizo un esfuerzo por recordar otros detalles, moverse dentro del recuerdo como en una realidad virtual, virar la cabeza y caminar por la casa, viajar en el tiempo. Apagó el cigarrillo, cerró los ojos y trató de relajarse. Atrajo voluntariamente la imagen: su abuela Consuelo, en aquel entonces, tiene menos de cincuenta años. Parió muy joven a su padre. Una de las primeras muelas le falta. Las alargadas manos de pianista hurgan el arroz, como si en vez de limpiar arroz estuviese espulgando a un perro. El hueco de la muela se le ve cuando abre la boca para decir algo. ¿Qué es lo que dice?

La caótica entrada de Niurka en el apartamento con las bolsas del supermercado lo devolvió al presente, se levantó para ayudarla y ella no se dejó. Era un gesto que le había visto a su abuela. La siguió hasta la cocina, donde la vio colocar todo en su sitio mientras compartía con él los detalles de un divertido drama en el lugar de trabajo. Él sacó la moña que Charlie le había regalado y se la mostró a su tía guiñándole un ojo. Ella respondió pasándole una libretita de papel de enrolar que tenía sobre la nevera.

Argenis desmenuzó la moña sobre una revista *National Geographic* vieja. En la portada figuraba un tesoro sumergido en algún puerto caribeño, la foto submarina evocaba historias de piratas y oscuras maldiciones. Tras echar unos espaguetis en agua hirviendo Niurka subió el volumen de la radio que tenía en la cocina y sonó «La cima del cielo» de Ricardo Montaner. Su tía era capaz de disfrutar de Björk y Álvaro Torres uno detrás del otro. Ojalá yo con tanta capacidad para la alegría, pensó Argenis, metiendo la yerba en el caminito de papel, enrolando en un solo movimiento el joint, que sellaba con una lamida semimojada a modo de pegamento. Lo pusieron cerca de una lámpara para que se secase y se sentaron a comer en silencio. Niurka comía despacio, como si le costara elegir la combinación de elementos que el tenedor llevaría a su boca y Argenis miraba de reojo el disfraz de San Miguel Arcángel que había colgado en el librero. «Es de tu abuela», le dijo ella cuando por fin terminó su porción, y luego, «se supone que tú lo heredarás», mientras subían por la escalera hacia la azotea para prender el joint.

«¿Cómo es eso de la herencia?», preguntó Argenis. «Mijo, que miseria hereda miseria», le respondió ella más críptica aún. Argenis se dio una calada profunda y aguantó el aire. Cuando Niurka comenzó a hablarle otra vez dejó salir el aire y el humo de su interior lentamente.

«Tu abuela es servidora de misterios, caballo de San Miguel. En nuestra familia esta condición la hereda el hijo más pequeño. A mí me tocaba, pero me largué a España. Ya tenía mucho con ser negra, mujer, dominicana e hija de una sirvienta. Además tenía que ser bruja. Vainas de gente atrasá. De chiquita, mami me obligaba a tocar una campana para llamar al santo, ella viraba los ojos y hablaba con otra voz, me daba miedo.»

Niurka le contaba estas cosas con un tono entre molesto y cómico. Las luces de la calle no iluminaban su cara. El fuego en la punta del joint iluminó sus facciones un instante y Argenis vio a la bruja que su tía nunca había dejado de ser. Había usado la palabra *condición* para nombrar aquella cosa. Era obvio que creía que Consuelo estaba chiflada, eso o catalogarla de loca era su forma de librarse del conjuro.

Argenis le contó que un día, mientras visitaban a su abuela en casa de Emilio y Renata, la negra se había desmayado. Eran los días tras el primer triunfo del PLD y su padre andaba muy elegante, exhibiendo los primeros brillos que el poder iba a sacarle. José Alfredo le sostenía la cabeza y la llamaba mamá, mamá. Renata le hizo oler alcoholado, fue la única vez que Argenis vio a Renata hacer algo por su sirvienta. Consuelo balbuceaba algo y su padre acercó la oreja para escucharlo, se puso pálido, como si hubiese visto un muerto y se retiró hacia el área de los pies para cepillárselos, para activarle la circulación. Más tarde, Argenis le preguntó a su papá por lo que había escuchado. José Alfredo apretó los labios con ganas de llorar y dijo: «Mujé, salva gassó. Gassó traición, mujé». Consuelo no sabía que José Alfredo había dejado a Etelvina, se lo habían ocultado para no preocuparla. Lo que sí sabía era que una madrugada, durante los doce años de Balaguer, el hermano de Etelvina, un militar de la Armada de guerra, los había salvado a ambos de morir fusilados cuando los reconoció. Ese mismo día Etelvina Durán y José Alfredo Luna se casaron y abandonaron la clandestinidad para siempre.

«San Miguel se las trae», dijo Niurka con una voz extraña pues aguantaba el humo de la yerba dentro. Argenis pensó en el traje y se imaginó con él puesto, le dio risa la voz de su tía y a Niurka le dio risa escucharlo reír. Rieron largamente, hasta las lágrimas.

De la calle de antes no quedaba nada. De aquellas amplias aceras sembradas de jazmines, tamarindos y almendros. De casas de estilo moderno hechas en 1950 por arquitectos criollos recién regresados de México y París. De edificios de dos o tres apartamentos con habitaciones de altísimos techos y pisos de refrescante granito. De aquel silencio que sólo interrumpían los vendedores ambulantes y, de vez en cuando, las protestas de los estudiantes cuando salían del recinto. La de Emilio y Renata era la única casa de la cuadra que todavía no había sido vendida y dividida para albergar chinchorros. Microempresas embutidas en cuatro metros cuadrados que anunciaban sus servicios con vulgares tipografías impresas digitalmente en banners de vinilo. Fotocopias a color y en blanco y negro, centros de internet y barberías. Uñas postizas, venta de celulares chinos y ropa usada. Pensiones para estudiantes haitianos y pakistaníes, strippers serbias y bujarrones. El temido arrabal que Renata tanto mencionaba como una distante incomodidad había explotado en la puerta de su casa. Pero Renata ya no estaba allí para quejarse, para mandar a Consuelo a cerrar las puertas francesas que daban a la galería de la entrada, porque la calle estaba llena de gente fea, porque, gritaba Renata en sus últimas semanas en la casa, ella no había visto tanta gente fea junta en su vida.

Las puertas que daban a la calle, a pesar de la ausencia definitiva de la señora, seguían cerradas y Argenis tuvo que golpear con el puño unas cuantas veces para que su abuela se acercara a preguntar ¿quién es? con voz temerosa.

El altoparlante de un predicador evangélico y las insistentes bocinas de las guaguas que bajaban desde la Correa y Cidrón no la dejaron escuchar y preguntó lo mismo tres veces antes de que la respuesta de su nieto la alcanzara. La camioneta del predicador se alejó con su griterío apocalíptico y Consuelo, contenta con la visita, chilló como una niña. Su voz vacilante se llenó de vigor y de una sorna juvenil. Argenis la escuchó traquetear con un ruidoso llavero hasta que por fin le abrió la puerta, una pieza maciza pintada de blanco en cuya superficie sobrevivían los magullones de las piedras que los estudiantes de la UASD le tiraban a la policía durante los grandes enfrentamientos de los años setenta.

Llevaba el pañuelo verde de siempre atado en la cabeza, con tanta fuerza que parecía que aquel nudo prevenía el derrame de una sustancia tóxica. Aunque flaca y arrugada como una pasa se mantenía erguida y elegante.

La casa estaba igual que ella, sumamente aseada, iluminada únicamente por las puertas abiertas del patiecito. Argenis se preguntó si Consuelo todavía dormía en el cuartucho del servicio, allá afuera, o si ahora que Renata le había heredado la casa lo hacía en una de las habitaciones de la familia. Probablemente la negra seguía aferrada a su monástica celda, como si en otro espacio se le fuesen a caer los pedazos. Algunos muebles de caoba centenaria habían sido reclamados por las hermanas de Renata «por su valor sentimental». Sin la mesa del comedor y un armario gigante con espejos, en el que Argenis y Ernesto solían meterse de pequeños, el espacio era aún más grande y exagerado para una mujer sola, que insistía en ponerse el uniforme de sirvienta aunque sus jefes sólo figuraran en las dos o tres fotografías que aún colgaban de las paredes.

La televisión estaba encendida y el teclado electrónico que abría el noticiero de la tarde surgía de allí dentro con la misma testarudez que Consuelo. Testarudez que Argenis interpretaba como orgullo, el pecado de los ascetas. «Heme aquí, santa y mortificada», se la imaginaba diciendo, retando a Dios a encontrar en ella algún deseo, obstinada en cubrirse con aquella infame tela azul con la que se elevaba sobre el mundo material que siempre había despreciado o que, como pensaba Argenis, nunca había comprendido.

Las luces estaban apagadas y Argenis se atrevió a encender una sin preguntar, para que Consuelo por fin viera los dulces de coco y batata que le había traído en una funda de papel. «Mi-ra lo que tengo a-quí», le dijo subiendo la voz y deletreando las palabras. «Son dulces para tu San Miguel.» «Baja la voz, maldito», le dijo ella metiéndose en la cocina a poner en la estufa la greca reglamentaria. «¿Tú crees que soy sorda es?»

Argenis se preguntó si las demás facultades de su abuela estarían en tan buen estado como su oído. Hacía tiempo que la vieja no se montaba. Su cuerpo, cada vez más débil, sufría mucho con las visitas de su santo, le sangraba la nariz, le dolían los huesos. Mientras veía a Consuelo rellenar la azucarera vacía al fondo de aquella cocina Argenis pensó que San Miguel había abusado de su caballo, como esos oficiales que en las guerras de independencia montaban los suyos hasta que se les desplomaban muertos.

El olor del mar entraba por la ventana. Esa proximidad había oxidado ya un par de neveras Nedoca y esta última se mantenía cerrada gracias a que Consuelo pisaba la puerta con la banqueta que había sido suya. Aquella banqueta de madera de sillín redondo en la que Consuelo sentada de lado contra la meseta había limpiado el arroz, pelado los plátanos y escuchado la radio mientras aguardaba sus órdenes durante décadas estaba igualita. No así los gabinetes, esculpidos por el comején, y los tenedores de plata que las hermanas de Renata no se habían llevado, cuyos dientes en el escurridor junto al fregadero lucían verduzcos y gastados como reliquias de un santo medieval. Argenis se sentó en la banqueta, tras la pista del insistente recuerdo de su abuela sentada en ella sacando piedras de un arroz de grano largo. Aunque servía para asegurar la puerta de la nevera en su sitio, la banqueta crujió bajo el peso de Argenis. «Apéate, muchacho», le gritó su abuela, «eso tiene comején.»

Cuando el café estuvo listo lo sirvió con leche hirviendo en dos tazas grandes que puso en la bandeja que fuera de sus amos y la colocó sobre la estrella de David de una otomana, entre dos mecedoras, frente al televisor. Argenis dejó los dulces en la cocina y se sentó con la negra, que untaba una galleta de pan con mantequilla sin quitar los ojos del noticiero, mientras hacía comentarios en voz alta sobre los reportajes con la misma pasión e ignorancia que le dedicaba a los enredos y revelaciones de las telenovelas. Da igual, pensó Argenis, ha visto pasar la historia con la misma pasividad con que ve sus novelitas, imágenes en movimiento. Nunca se le ocurrió intervenir, rebelarse, envenenar a sus opresores.

Tan pronto como se dio cuenta de lo mucho que se parecía a su abuela se llenó de desprecio por sí mismo. Era un altanero. En eso también se le parecía. Su padre, en cambio, si bien era un hipócrita, por lo menos había intentado hacer algo para cambiar las cosas. ¿Qué había hecho Consuelo? Aguantar. Aguantar como Rocky en la primera *Rocky*. Aguantar sin caer knockeada por cincuenta años de sartenes grasientas y de sucias medias ajenas.

Argenis aprovechó el poder hipnótico que la televisión ejercía sobre su abuela para observarla con detenimiento. La piel color Milky Way surcada por arrugas tan precisas y profundas como las marcas que quedan en el papel de una carta antigua por donde la doblaron. Los ojos los tenía hermosamente felices, jóvenes, inquietos y sin pestañas, de una generosidad que su tía Niurka había heredado. Sin quitarlos de la pantalla le retiró la taza ya vacía a Argenis de la mano y le dijo que buscara los dulces para ponérselos a San Miguel. Él la siguió hasta su cuarto y confirmó sus sospechas. Todas las noches la casa se quedaba vacía, como el ruinoso museo de una malograda clase media, mientras su extraña curadora regresaba a su habitación en el patio, a la misma cama de espaldar oxidado cuyo colchón nuevo Consuelo le había aceptado a sus hijos a regañadientes.

El cuarto del servicio era más pequeño de lo que Argenis recordaba y pertenecía a una época mucho más remota y absurda que la de Trujillo. Las paredes estaban desnudas, excepto por una cruz que Renata le había traído de su viaje a Tierra Santa. No había espejo, ni cepillo para el pelo, ni pintalabios, ni perfumes, ni rolos. Tomó la campana de un altar de vasos vacíos para llamar a su santo, la sonó una, dos, tres veces sin mucha ceremonia, llevándose los dulces a la boca y masticándolos con dificultad. Argenis ansiaba ver con sus propios ojos el prodigio, el espíritu que tantos cuentos había protagonizado. «¿Tú fumas?», le preguntó su abuela. Argenis le ofreció la cajetilla de Nacional abierta y unos fósforos. Consuelo sacó uno y lo prendió, pero el fuego ignoraría la velita de a peso apagada en el altar. Se puso de pie sin mirar la imagen del santo una sola vez y apartó una toalla que hacía las veces de cortina en la única persiana de la pieza. «Por aquí le pasaba comida a tu papá cuando venía de madrugada a verme», le contó, «lo andaban buscando para matarlo. Si tú lo hubiera' visto, parecía un esqueleto.»

No le había tocado a él vivir el tiempo de los dioses y los héroes, había llegado tarde, pero habían existido y estaba aquel pedazo de aluminio oxidado para probarlo. Argenis se levantó ceremonioso y tocó la ventana con la mano abierta, como hacen los peregrinos en Higüey ante la tapa de cristal de la Virgen el día de la Altagracia. Sintió una fuerza extraña que empujaba hacia dentro, una especie de náusea espiritual. La atmósfera se había enrarecido y halaba todo hacia abajo, halándolo a él hacia la camita de su abuela, con un bajón de azúcar o algo parecido. Con los ojos cerrados, sintió el pánico de su padre, las ganas que tenía en aquellos años de cambiar el mundo, la muerte que le pisaba los talones.

La mujer tenía unas tetas de sueño, redondas como melones y coronadas por un dije tibetano que caía justo encima del canalillo entre ambas. Las manos eran quizá demasiado delicadas para hacer una buena paja. Pero la boca era grande y carnosa y Argenis la imaginaba estirándose hasta el límite como elástico de panties para tragarse su güevo con ganas y luego, allí mismo en su escritorio, abriendo las patas para ofrecerle un toto depilado. Era la directora de SOLIDARIA, una ONG española que trabajaba con temas de salud femenina y Argenis supuso que era maricona, como la mayoría de «los y las» amigas de su tía; o, por lo menos, complicada.

Niurka le consiguió la entrevista, necesitaban un profesor de arte para que impartiera talleres a víctimas de violencia de género. El sueldo no era excesivo pero era suficiente para pagar la renta, la luz, la compra y el teléfono. Además, Mar, como se llamaba la mujer, le había hablado de un espacio vacío en el último piso del edificio, con su propio baño, que podía utilizar como taller, lo suficientemente grande como para albergar piezas monumentales. Caminó con ella por las instalaciones hasta un aula con mesas individuales de trabajo y una enorme y moderna pizarra blanca para marcadores. En el centro había una mesa redonda perfecta para que posara un modelo en vivo en las clases de dibujo anatómico, sólo hacían falta unos buenos focos de luz, aunque sólo por las tardes, pues por la hilera de persianas que daban al este seguro entraba suficiente luz por las mañanas.

El aula era fresca y por las persianas se colaba el olor del eucalipto centenario que había en la acera. En las oficinas todo era nuevo, la madre patria paliaba así su complejo de culpa, y estaban llenas de afiches con slogans feministas conmemorativos o que anunciaban algún encuentro internacional. Había demasiadas plantas ornamentales para un lugar de trabajo y detrás de todos los escritorios había mujeres, excepto por el contable, un francés afeminado que fue el único en levantarse de su asiento cuando Mar se lo presentó.

Subieron por la escalera de pisos de granito hasta el tercer piso, que Argenis dedujo, por su altura y terminación, había sido añadido al edificio recientemente. Era un estudio abierto de unos doscientos metros cuadrados, con techos de tres metros de alto. «Aquí, en un futuro, queremos abrir una sala para exposiciones y para actividades culturales, performances, teatro, etcétera», le dijo Mar volviendo zetas todas las ces. «Mientras tanto podrías usarlo como tu estudio, durante un año y medio o algo así.» La españolita abrió la puerta del baño, que también era nuevo y que contaba con una ducha. Argenis imaginó a su anfitriona desnuda bajo el chorro y a él, arrodillado, mamándole la crica.

Salieron a un pequeño balcón con barandilla de hierro que daba al sur y desde el cual se veía la franja azul del mar Caribe y se sentían los golpes de sal traídos por el viento.

En una esquina del balcón había una columna de sillas de plástico blanco, Mar sacó dos sin pedir ayuda y luego quitó la envoltura a una cajetilla de Marlboro Lights que llevaba en la mano todo el tiempo. Golpeó el fondo de la caja antes de destaparla y luego de sacar uno para ella le ofreció otro a Argenis, que ya estaba sentado igual que ella, con los pies en la barandilla.

Los pies de Mar, que llevaba sandalias, eran blancos, de uñas redonditas de bebé que daban ganas de meterse a la boca. Los de él, sicotudos y peludos, estaban, gracias a Dios, dentro de unos mocasines de gamuza que un amante de Niurka había dejado olvidados en su casa. «Vas a tener que trabajar con mujeres que han pasado de todo, maltrato físico, violaciones, abusos sicológicos. Te vamos a dar un entrenamiento, de unas dos semanas, para que puedas lidiar con cualquier situación que se presente durante las clases y para que puedas preparar el contenido. Piensa que más que una clase de arte lo que vas a dar es una terapia ocupacional.»

El acento catalán de Mar la hacía aún más atractiva y Argenis pensó en la cara llena de acné de su hermano adolescente para evitar la erección en camino. La idea de bregar con los altibajos emocionales de mujeres abusadas no le era muy agradable, pero el prospecto de un sueldo fijo y un espacio para trabajar después de cuatro años sin agarrar un pincel sí lo era. Allí, con la brisa marina y la compañía de una mujer hermosa, se sintió contento. El trabajo, al que podría ir en shorts y chancletas y en el que tendría la oportunidad de ayudar en algo era de muchas formas ideal.

Mar se levantó, tiró el cigarrillo a la calle y le tendió la mano para sellar el trato justo en el momento en que el celular de Argenis comenzó a vibrar en el bolsillo de su camisa. Sacó el aparato y le pidió un minuto a su próxima jefa con un gesto de los ojos y la mano. Era Loudón, que lo esperaba en su taller para probarle el traje. Cuando terminó de hablar, Mar ya había bajado la mano. Lo acompañó hasta el primer piso y le dijo, a modo de despedida, que chequeara la página web de la institución para que se fuera familiarizando.

Las voladoras y carros públicos se apiñaban en la avenida Independencia y tocaban sus bocinas sin parar como si el sonido insoportable fuese a desenredar el tapón de varias cuadras. El chofer del carro público en el que iba Argenis salió de su automóvil para tratar de divisar en la distancia la causa del problema. Pero el problema estaba muy lejos y el chofer vio cómo decenas de otros iguales a él salían a su vez de sus carros para mirar hacia delante. Llevaban media hora sin moverse bajo la lluvia de maldiciones que echaban los pasajeros al país, a los choferes, al gobierno y a su propia vida.

Argenis se desmontó y se subió a la acera para caminar hasta el local del sastre. Total, eran unas cuantas cuadras. Al llegar al cementerio, las razones del tapón, unos empleados de Energía Eléctrica trepados a una grúa en el medio de la calle, reparaban un transformador. Un cable de alta tensión había caído roto a la calle y era contenido por unos técnicos. Los que estaban sobre la grúa iluminaban su trabajo con las linternas de sus cascos protectores, pues los últimos rayos del sol iban a meterse en cualquier momento.

La calle Arzobispo Nouel lucía oscura y desolada, iluminada tan sólo por las luces del colmado que un generador de emergencia alimentaba. Una anciana barría con esmero el frente de la sastrería. Argenis pensó que era la madre o una tía del sastre, pero al verlo la mujer, que tenía un ojo entrecerrado, siguió barriendo la acera hasta llegar a la esquina, en la que dobló y desapareció. El taller estaba vacío, ante la noticia del apagón seguro que Loudón había llamado a sus clientes para avisarles de que no vinieran. Era la hora de la cena y una de sus asistentes se comía un plato de espaguetis con pan sentada en una silla bajo el marco de la puerta para aprovechar la luz del colmado. Olía a salsa de tomate y a queso. La mujer le dijo con una voz nasal que pasara, que Orestes estaba dentro.

Para facilitar su trabajo, Orestes había colocado varios velones en las cuatro esquinas de la pieza. Uno sobre su máquina de coser, uno sobre el armario donde colgaba las piezas a entregar, uno sobre el botellón de agua de un bebedero y el cuarto directamente en el piso, todos alrededor de una alfombra redonda que a la luz de las velas era negra, pero podía haber sido morada o azul marino. A la luz de la vela Loudón echaba una cucharada de un polvo negro en una jarrita de plástico. «Es carbón vegetal», le explicó a Argenis, mientras dividía el contenido en dos vasos de cristal y, al ofrecerle uno, le dijo, «toma, esto absorbe todo lo que no sirve», y luego de que Argenis, confundido, se lo llevó a la boca, añadió, «es bueno para el estómago.»

Orestes Loudón vació el suyo en un trago lento y silencioso. Una gota se le escapó por la comisura de los labios y dibujó una línea negra, que podía haber sido roja, hasta la garganta. Argenis, que tragaba a sorbos su vaso de agua turbia, sintió cómo la cabeza, que se había afeitado esa mañana junto con la barba, se le erizaba completa.

El apagón había clausurado los abanicos y Loudón se quitó la camisa para refrescarse. Cuando se acercó para retirarle el vaso vacío, Argenis vio que las cicatrices que tenía en las manos se extendían cual guantes de piel rugosa hasta los hombros, como si el hombre hubiese metido ambos brazos en lava volcánica. Tenía el pecho cubierto de un pelo muy negro y rizado que bajaba más allá de la correa del pantalón, y aunque no lucía debilucho, sus omóplatos sobresalían en su espalda como los tocones que dejan en la tierra los árboles años después de que han sido cortados.

Mientras el sastre sacaba el traje por terminar de su velo de plástico, un vientecillo frío que se coló por la ventana agitó las llamas de las velas y proyectó sombras danzarinas en las paredes. El traje y la camisa eran blancos, un traje tropical, como los que el protocolo diplomático exige para ciertos recibimientos y como los que los niños con villas en Casa de Campo usaban para sus parties en la Marina. Argenis nunca se había puesto un traje así; de hecho, la única vez que se había puesto un saco había sido uno viejo de su hermano para la toma de posesión de Leonel.

La chaqueta era de un solo botón, de solapas en pico, y el pantalón, de corte recto y estrecho. Deslumbrado ante aquella maravilla, Argenis se paró en medio de la alfombra circular, se desvistió con la misma prisa que su padre hacía veinte años, pateó la ropa y los zapatos lejos de sí y abrió los brazos en cruz para que su creador lo ayudase a entrar en ella. Cuando Argenis ya estaba dentro, Loudón movió las velas de sitio y las colocó frente al espejo en la pared para que, multiplicadas por el reflejo, iluminaran aún más fuerte a su cliente. Luego hizo que Argenis se volteara para mirarse y tomó de un curtido alfiletero en forma de manzana unos cuantos alfileres, cuyas puntas, el sastre, se metió en la boca con pericia.

Bajo aquellas luces primitivas Argenis parecía una aparición, una figura recortada sobre un fondo negro, el espíritu mismo de la elegancia. Pensó en *El caballero de la mano en el pecho* de El Greco y colocó igual que aquél su mano derecha sobre el plexo solar, como quien hace un juramento.

Loudón le pidió que alzara los brazos otra vez para marcar con alfileres los puntos que necesitaban ajuste. Los hombros, la cintura, el ruedo. El sastre hacía su trabajo en silencio, permitiendo que su cliente permaneciese frente a sí mismo. Aquello sí que era un arte, pensó Argenis ante la exquisitez del corte, la simetría de las partes, la caída de la tela sobre sus miembros, la forma en que el color blanco contrastaba con su tez de mulato lavao. Por primera vez desde que saliera de la escuela de Chavón sintió que participaba de un proceso creador relevante, que este nuevo Argenis, el que se asomaba al otro lado del espejo, era su propuesta conceptual, su obra de arte, un nuevo avatar de sí mismo, el hombre nuevo, y no pudo evitar una carcajada, como decía el Che Guevara.

Con la risa y el meneo, el alfiler que Loudón colocaba en su cintura le pinchó un poco. Éste es el primero de muchos, le dijo Loudón, verás que pronto le coges el gustico a andar así. Argenis se sentía ligero, capaz de todo, sobre todo de visitar a su padre y pedirle dinero, un trabajo, atención. Vestido así le era imposible imaginarse desperdiciando sus talentos para el dibujo en mujeres de ojos amoratados que no tenían ningún interés real en las artes plásticas. Una sensación de desprecio por el mundo de su tía le hizo levantar la barbilla, mirarse el perfil, que los genes de su madre habían ennoblecido; el estómago, que la adicción había alisado; la altura, en la que había superado a su hermano y a su padre;

los ojos achinados de felino y las manos de dedos largos y expresivos que tanto le elogiaran sus amantes de otra época.

Algo sonó en la pieza de afuera, el gato cazando ratones, dijo Loudón ya sin alfileres en la boca, mientras daba dos pasos hacia atrás para contemplar su obra y sonreír con todos sus dientes, unos dientes que eran perlas y entre los que se hallaba uno de oro que era un lucero.

La puerta se abrió a sus espaldas y José Alfredo Luna, el papá de Argenis, entró en la pieza. Argenis sintió una extraña calma y no le importó si se trataba de una coincidencia o si por el contrario Loudón había tramado el encuentro. De haberse tratado de una madre con su hija, la costurera habría halagado a su cliente, «mira qué bella que está, parece una princesa». Pero eran hombres, y Loudón hizo silencio y se conformó con levantar las cejas y mover la cabeza ligeramente en dirección a Argenis para mostrarle a José Alfredo lo que allí se estaba consumando.

Argenis hizo silencio y dio una vuelta sobre su eje sonriendo con la sonrisa de José Alfredo, con ojos rasgados como los de José Alfredo, parando el culo como una vez su padre también lo había parado, encarnando para su padre una imposible visión de sí mismo, una visión de vida y esperanza, la juventud hinchada de sangre reclamando su lugar en el mundo. Y aquella visión de sus dedos en otra mano, de sus labios en otra cara, le chupó de pronto una gran vitalidad, se sintió como un envase sólo útil por sus experiencias, como un señor, como un maldito viejo. Se dejó caer como un saco de papas en la silla de plástico blanco que había junto a la puerta. La luz eléctrica regresó con la algarabía del barrio y con las ruidosas lágrimas de José Alfredo. Argenis salió por fin de su pose y se agachó frente a su padre para limpiar con sus manos las lágrimas y decirle «papi, tú eres un tolete, estoy aquí, contigo, te quiero».

Loudón le pidió que se quitara el traje para terminarlo y, tras darles un vaso de agua a ambos, los mandó a sentarse en la sala de espera. En el colmado de enfrente sonaba «Medicina de amor», una bachata vieja. En lo único en lo que su papá y él coincidían era en su odio por la bachata. Argenis cerró la puerta que daba a la calle sin evitar que la ruidosa guitarra se colara por la madera. Su viejo se había quitado las gafas con baño de oro que llevaba siempre puestas y sus ojitos lucían bolsas de líquido, patas de gallina y pequeñas verrugas color crema, parecían los ojos de un gremlin. Se veía cansado e indefenso tras meses de campaña sucia, intriga y joseadera. El triunfo de su partido le había costado, como siempre, lágrimas, sangre y un trozo significativo de dignidad. La edad se le había venido encima y Argenis, al verlo vencido por la biología, no podía ni recordar la sed de venganza que sentía horas antes.

«Mijo, lo de Cuba, déjame explicarte», intentó decirle a Argenis, pero éste se le adelantó y le dijo «no te apures papi, todo está bien». Igual que aquella lejana tarde en la que guio a su padre hacia el interior de la sastrería, sintió compasión y ganas de cuidarlo. Su padre le debía un traje, unos tenis, porquerías, pero él le debía la vida, una vida que en la sala de espera de Orestes Loudón se le antojaba inmensa y llena de placeres por descubrir. Aquel traje impecable había despertado en él un orgullo desconocido. Aquellas telas cosidas no sólo lo habían hecho lucir distinguido y atractivo, sino que también habían recubierto al mundo con una pátina lustrosa. Sentía el vigoroso empuje de su juventud, reconocía en sus escasos años una riqueza que su padre y

Loudón le envidiaban y esa envidia cariñosa lo hacía sentirse poderoso.

Loudón apareció con el traje cubierto de plástico en una percha y cuando José Alfredo hizo gesto de sacar su cartera, le explicó que ya su hijo había pagado. El funcionario se metió la billetera en el bolsillo del saco y salió a la calle llevando a Argenis de la mano como a un niño. El chofer de José Alfredo acercó la jeepeta Lexus negra a la acera y se bajó para abrirles la puerta. José Alfredo hizo que su hijo menor entrara primero, luego el traje y luego él. Una bachata, ahora de Aventura, arruinaba la perfección del momento, pero tan pronto como José Alfredo cerró la puerta tras de sí y estuvieron los dos dentro del lujoso automóvil la voz de Romeo Santos desapareció por completo, como por arte de magia.

Aguacate relleno de centollo
Paticas de centollo al ajo y perejil
Camarones a la vinagreta
Carpaccio de atún de red
Chipirones a la plancha
Cóctel de camarones
Cóctel de centollo
Pulpo importado a la gallega
Media docena de ostras Blue Point
Tortilla española

L a simple lectura del menú de entradas del restaurante Don Pepe le causaba a Argenis una ligera picazón en la garganta. Su padre olvidaba que era alérgico y pidió todas las opciones para la mesa que compartían con Pellín y Aquiles, dos viejos camaradas que, como José Alfredo, ahora trabajaban en el Palacio Nacional. Argenis no dijo nada, esperanzado con la tortilla española y el vino de nombre francés que su padre había ordenado en el único francés que conocía. A Pellín y Aquiles los conocía de su infancia, de los encuentros que su padre organizaba en su casa cuando todavía estaba casado con Etelvina. Entonces escondían sus huesudas facciones bajo la barba con que emulaban a Fidel y vestían guayaberas rullías por un sudor que sólo el peatón caribeño conoce. Estaban en la olla, sin trabajo, y se abalanzaban sobre el sancocho que Etelvina les preparaba como si no hubiesen comido en años.

Comían ahora con la misma desesperación y su padre, aunque los aventajaba en modales gracias a su segunda esposa, chupaba las ostras ruidosamente. Hablaban con la boca llena de sus años dorados, de sus camaradas muertos, de las necesidades pasadas en la montaña, de Cuba, como si buscaran justificar frente a Argenis aquel desmedido apetito. Pellín golpeó a José Alfredo con el codo pues tenía la mano sucia y le dijo a Argenis «tu pai era temerario, no le temblaba el pulso como a estos mariconcitos». ¿A qué mariconcitos se refería?, se preguntó Argenis. ¿Había algún contingente de maricones tratando de tumbar el gobierno? Pellín y Aquiles le daban asco, eran criaturas sin ninguna gracia, sanguijuelas que sobrevivían adheridas a cualquier posibilidad de notoriedad. Sus trajes de súper lino y las regordetas muñecas filoteadas por pesados relojes Bulova añadían algo pictórico al conjunto, algo histórico y clínico, como los enanos de Velázquez.

Cuando llegaron las langostas termidor, monstruosas como sus comensales, le dio un poco de vergüenza y reconoció las miradas de desprecio que les dirigían los blanquitos de apellido en las mesas contiguas. Ésta es la revolución dominicana, se dijo con una paleta de cordero en la boca, tanta sangre derramada para comer langosta. Su papá tenía una obsesión con las langostas. Unas vacaciones en casa de Tony Catrain, en Las Terrenas, los había hecho pararse sobre la arena hirviendo de la playa al mediodía y sin zapatos. Ernesto había escupido un trozo de langosta. Como Argenis era alérgico no tenía que comerla, pero su padre los había castigado a los dos como hacían con él y con sus compañeros cuando estuvo preso durante los primeros años de la dictadura balaguerista.

José Alfredo perdonaba cualquier cosa excepto que le hiciesen asco a la comida. Ernesto tenía buen apetito, pero odiaba los mariscos. José Alfredo le había hecho levantar la langosta que había echado al piso y tragársela. Al ver a su hermano masticar aquella masa con granos de arena los ojos se le llenaron de lágrimas.

«¿Saben lo que su papá comía en la cárcel?», les preguntó José Alfredo. «¿Saben lo que es el chao?» Tony Catrain había enviado a Charlie a su habitación para salvarlo de la escena e intercedía sin éxito por los niños: «José Alfredo, déjalos, son muchachos».

«El chao, par de malagradecidos», continuó José Alfredo, «era un mejunje de piltrafa, arroz molío, uñas de gallina, gargajo de guardia, mocos de guardia, bien rico, y a su papi lo obligaban a tragárselo, y si se quejaba tenía que bajarse una olla completa con un par de patadas en la bolsa.» Ernesto empezó a hacer gestos de ir a vomitar. «Trágatela, coñazo», le ordenó José Alfredo, Tony Catrain los observaba desde la terraza de su casa con ambas manos en la cintura. Ernesto intentó dos veces y a la tercera echó por la boca todo lo que había ingerido desde el desayuno. Se reconocían en aquel vómito trozos de huevo revuelto y Choco-Rica. Las horrendas chancletas de piel con medias finas que José Alfredo usaba para la playa le dieron a Argenis más asco que el vómito de su hermano en la arena, levantó la

169

cabeza y le dijo a su padre, mirándolo a los ojos, «se lo voy a decir a mami».

Etelvina nunca iba con ellos en Semana Santa, se quedaba en la capital descansando de los muchachos, de José Alfredo, de la escuela. Argenis sabía que su papá no se hubiese atrevido a hacer esto frente a ella y sabía quién ganaba las peleas a gritos que para entonces sus padres tenían casi todas las noches. Transfigurado por las palabras de su hijo menor, se acercó a Ernesto con cara de preocupación y le preguntó: «¿Estás bien?». Era obvio que no lo estaba. Cargó el cuerpecito de diez años de Ernesto y lo recostó en el sofá de la sala de la casa, le hizo té de anís y puso a Argenis a echarle fresco con un folder. Tony Catrain no los volvió a invitar a Las Terrenas.

Su padre relató la anécdota y sus amigos rieron a carcajadas, Argenis también rio. Ernesto era un cabrón que ya no suscitaba en él ninguna pena. Molestaban con el ruido a los demás clientes, sus carcajadas eran más molestas para la pequeña burguesía dominicana que las molotov que habían lanzado en la Universidad Autónoma en el año 70. En medio de la risa un grano de arroz de la boca de Pellín fue a parar en su plato. Le quedaba una paleta de cordero todavía, pero Argenis dio la comida por terminada. El recuerdo de su abuela limpiando arroz se le trepó en el cuerpo, no era una imagen en dos dimensiones, ella estaba allí con él. Consuelo sonreía pícara mostrándole el hueco de su muela ausente y, con una pequeña piedra que acababa de extraer entre los dedos, le decía «en este mundo están los que lo limpian y los que se lo comen». ¿Se refería al arroz o al mundo? Argenis no tenía idea. Los amigos de su padre le dedicaban sonrisas huecas de marioneta mientras se lamían las yemas de unos dedos gruesos como chorizos. Sintió náuseas y se excusó para ir al baño, orinó y se echó agua en la cara, el cuello, las muñecas. Se miró al espejo y se sintió mejor; mientras presionaba el dispensador de jabón pensó en Susana. Cómo se maravillaría con la mesa de su padre, con aquel jabón líquido que nunca paraba de manar.

Al salir del baño vio cómo José Alfredo disfrutaba de una crème brûlée y, en la mesa de enfrente, un camarero sentaba a una pareja de atractivos cuarentones. El hombre llevaba el pelo engominado hacia atrás, una camisa polo con bermudas kaki y un candado alrededor de la boca; la mujer, un vestido tubo de estopilla blanca strapless. Eran Giorgio Menicucci y su esposa Linda Goldman. Hacía tres años le habían dado a Argenis una beca en la costa norte, no tenía que hacer nada excepto pintar y llevarse de un curador cubano al que habían traído para eso. Argenis quedó mal, se enfermó de los nervios, había hecho el ridículo. Cuando lo expulsaron llegó a la capital en tan mal estado que su padre lo internó en la sala de higiene mental de la UCE ese mismo día. No quería verlos, quería que la tierra se lo tragase.

Giorgio se levantó de la silla y de dos zancadas alcanzó con su mano el hombro de José Alfredo, lo saludó con un respeto que Argenis sabía posado y sintió pena por los aires que su padre se daba cuando gente blanca y rica le dirigía la palabra. Luego Giorgio miró a Argenis y, sin saludar a Pellín o a Aquiles, abrió los brazos como a la espera de un abrazo; hubiese sido muy incómodo no corresponderle. «¿Puedo llevarme al maestro unos minutos?», le preguntó a José Alfredo refiriéndose a Argenis con una cortesía decimonónica fingida que José Alfredo, pasándose una servilleta sucia de una mano a la otra, tampoco detectaba.

Maestro. Lo llamó maestro. Sólo por lástima o burla podían llamarlo de ese modo. No había pintado un cuadro en años. Sin embargo, Giorgio lo miraba con algo más cercano a la admiración que a la compasión. Era extraño, y Argenis no supo a qué atribuirlo. Sus gestos eran para con él cuidados y respetuosos y a su mujer le brillaron los ojos cuando la saludó. Le preguntaron dónde había estado y él se inventó unos experimentos con el performance que había hecho en La Habana: «Una investigación alrededor de los límites del cuerpo en el socialismo», les dijo. Hablaba como Susana y a ellos les encantaba.

Linda le cogió la mano y el gesto lo sorprendió, lo miró con ojos que no parecían fingir y le dijo «Argenis, qué bueno verte bien». Había roto el hielo y estaban todos más relajados. Giorgio pidió una copa para el caballero y le sirvió en ella un prosecco helado delicioso. Habían comenzado la construcción de un laboratorio para la conservación de los arrecifes de la costa norte y la galería de arte había prosperado. De eso queremos hablarte, le dijo Linda mientras miraba a su esposo como si fuese a anunciar un embarazo. «Tenemos un coleccionista muy interesado en tus obras.»

Durante la beca en Sosúa había pintado unas cuantas telas con los motivos de su locura, bucaneros fantasmales que desollaban vacas. Mientras los pintaba podía oler en el acrílico rojo la sangre de aquellos animales. Un viaje muy intenso que terminó creyéndose. El día que lo echaron juraba que Giorgio era la reencarnación de uno de esos bucaneros, eso o un demonio, Argenis se puso violento. No quería ni recordarlo. Le daba vergüenza. Imaginaba que aquellas pinturas no valían un chele y que Giorgio y Linda las habían echado a la basura, lo mismo que a él.

No había sido así, a Linda siempre le había gustado más la pintura que las artes conceptuales. «Las guardé para dártelas cuando te recuperaras», le dijo ella y Argenis agradeció el gesto y perdonó aquella condescendencia, común en todos los gringos. Hablaron de un coleccionista, hablaron de dinero. Hablaron de una individual en la galería, un taller, obras nuevas, posibles exposiciones en Europa, y tras pedir otra botella de prosecco le pidieron que por favor les consiguiera audiencia con el presidente. Querían hablarle del laboratorio, solicitar fondos, dinero para cumplir sus caprichosos sueños ambientalistas.

Argenis entendió el poder que ser un satélite de su padre le confería. Sopesó lo que estaba en juego. Su semblante no se oscureció. Al contrario, sonrió con la misma hipocresía que Aquiles y Pellín. «Cuenten con eso», les dijo. Ahora que tenía algo que los Menicucci querían los veía bajo una luz muy distinta. Ya no eran el epítome del buen gusto, ahora eran otro par de joseadores.

Un cuchillo traza una raja de la garganta al ano de una vaca. La desuellan. La mano negra pertenece a un hombre vestido con un camisón de hilo sucio de sangre. Lleva una especie de arcabuz al hombro y un trapo púrpura amarrado a la cabeza. Con la mano derecha, que coincide con la esquina derecha superior del cuadro, sostiene en alto una pata, una pata de una realidad que no existe en ningún otro lugar del cuadro. Pueden contarse los pelos que rodean la pezuña, la tierra pegada a la pezuña. Puede palparse la pasada vitalidad del animal en esa pata. En la esquina inferior izquierda hay otro hombre arrodillado, un hombre blanco. Con las dos manos aferradas a uno de los lados de la raja que ha dividido la piel de la vaca tira hacia fuera. Hay sangre por todos lados, la yerba se ha teñido de rojo. De púrpura, de negro. El hombre blanco tiene un cuchillo en la boca. En donde van los ojos tiene unos borrones grises hechos con una espátula. Como si sus rasgos hubiesen sido licuados. Como se perciben a veces en los sueños los rasgos entremezclados de dos personas al mismo tiempo. En algunas áreas la pintura ha sido aplicada con más agua de la cuenta y chorrea. Dentro de la raja no hay tripas, ni carne, ni huesos. Lo que asoma es un azul, el agua tornasol de una piscina, como si un David Hockney viviese dentro de una vaca de Francis Bacon. Los bucaneros se asoman hacia ese portal, van a extraer un Hockney de la vaca.

Argenis no hubiese podido pintar aquello de nuevo. Recordaba haber ejecutado la pieza, pero no recordaba todos los detalles del trabajo. ¿De dónde había sacado aquella osadía? ¿Aquellos trazos con pincel grueso de la fibra en los brazos de los bucaneros? ¿Aquellas manchas de aspecto accidental con que saltaban de la tela detalles lejanos del paisaje tropical? ¿Las gotitas de luz al estilo Vermeer con que había dado vida a las manos? Lo que sí recordaba eran los nombres de aquéllos. Nombres que su sicosis le había confiado. Roque, Ngombe, bucaneros que vivían del ganado cimarrón. Vendían sus cueros a los contrabandistas. No sabía si los había inventado para nutrir sus pinturas o si los había pintado para poder lidiar con su insistente e inoportuna presencia.

«Por ésta podemos pedir diez mil dólares», le dijo Linda Goldman frente a la obra. Llevaba ropa deportiva sudada tras una sesión de zumba en el gimnasio y chupaba agua de un termito de plástico rosado. Estaban en el sótano de la galería, un almacén de arte de pisos de cemento pulido y temperatura graduada. Giorgio Menicucci había sacado la pieza del estante y la sostenía por una esquina. Miraba la pieza con la misma cara con que su papá admiraba las langostas. El precio no estaba mal para un artista emergente.

Estas pinturas lo han pasado mejor que yo en el aire acondicionado de esta galería, admiradas y mantenidas, pensó Argenis mientras subían la escalera de vuelta hacia el primer piso, donde estaba ubicada la sala de exhibiciones. En pequeñas repisas blancas descansaban trozos de skateboards, gomas gastadas, trucks rotos, pedazos de tabla, los ready-mades de la primera individual en Dominicana de un artista puertorriqueño. En la pared del fondo se proyectaba un video. Un skateboarder se cerraba a sí mismo con puntos una herida en la rodilla. La aguja curveada parecía un anzuelo, la piel lucía verduzca por el golpe, el tipo se hundía la aguja sin pena.

Tras una pared de cristal opaco estaba la oficina, se sentaron allí y Giorgio sacó de una neverita ejecutiva un albariño. Argenis realizó una auditoría mental del mobiliario, los escritorios suecos, las lámparas de Philippe Starck, los tramos repletos con volúmenes de Phaidon y Taschen, revistas de arte y teoría crítica organizados por el color de su lomo. Ni una mota de polvo deslucía las blancas paredes. Imaginó un performance con la señora que limpiaba la galería, la verdadera responsable de aquel inmaculado espacio.

«Me parece bien», le dijo Argenis a Linda sobre el precio, «pero necesito algo antes.» Ella se sorprendió y echó una mirada tan rápida a su marido que casi se le rompe el cuello. «¿Cuánto necesitas?», preguntó Giorgio.

Argenis calculó sin mucho detalle. Eran seis piezas y ellos se quedarían con el cincuenta por ciento. Treinta mil y treinta mil. «Necesito ocho mil dólares», pidió. Temía haber exagerado. Linda respiró de alivio y abrió la gaveta de un escritorio para sacar una chequera. Argenis se arrepintió de haber pedido tan poco, aunque nunca había visto esa cantidad junto a su nombre.

Se vio tumbándole la puerta a Rambo, convenciéndolo de que le consiguiera mil dólares de hache. Administraría esa heroína sabiamente, unos meses. Alquilaría un apartamento frente al Mirador donde puyársela y compraría un aparato de música. Quizá pintaría. Quizá compraría un televisor y un dvd player. Una computadora. Se imaginó metiéndose la aguja, recostado en un sofá que también compraría, beatificado por las luces del ocaso, de todas partes arrastrándose hacia él las langostas termidor de su padre.

Cuando Susana y él soñaban con la vida que los quinientos dólares que recibía Bengoa de José Alfredo iba a comprarles, ella le decía que comerían langosta todos los días. Él era alérgico, le recordaba Argenis y ella lo besaba en la boca como si sus besos fuesen antihistamínicos. Se concentró en mirarle el culo a Linda para evitar el recuerdo de Susana y Bengoa sobre el sofá rameado. Giorgio sirvió tres copas con el albariño y brindaron por el comienzo de una nueva etapa en la vida de Argenis. Argenis se bajó la copa de un trago, se sacó el cheque del bolsillo y dio un beso a Linda y otro a Giorgio. Abrió la puerta de la galería con la espalda, pues miraba el cheque que sostenía con ambas manos, y antes de salir les mintió: «Papi ya está en eso». No había hablado con su padre, ni iba a hacerlo. Tampoco iría donde Rambo.

La galería estaba ubicada en el nuevo polígono central, en una avenida Lincoln recién poblada por torres pintadas de beige o arena y enormes liquor stores con nombres en spanglish. Se respiraba bienestar económico, salvo por una brigada de haitianos en harapos que abría con taladros un enorme hueco en la roca caliza de la acera. Pertenecían a otro siglo, a un mundo sepia hecho de barro y lamentaciones.

Un Apolo-taxi se detuvo y Argenis le pidió que lo llevara a un Banco Popular. Quería cambiar el cheque cuanto antes, sentir el olor a gasolina de aquellos billetes. Bajaron hasta la 27 de Febrero y, contra todos las advertencias de

Argenis, el chofer decidió cogerla. Eran las dos de la tarde y un solo tapón la recorría en todos sus kilómetros. Las caras de los peatones que esperaban por carros públicos y guaguas en las aceras lucían una tristeza endémica, una mezcla de resentimiento y conformidad, de odio disfrazado de desenfreno. La desesperanza vestida con uniforme de Burger King sostenía celulares prepagados con monstruosas uñas de porcelana china. Décadas de saqueo sistemático, de escuelas públicas que eran granjas de contención, de mierda en pote, habían esculpido esta marea de ojos sin horizonte. ¿Quién podrá defenderlos?, pensó Argenis, ahora que los elegidos se han convertido en rumiantes. ¿Le tocaba a él? ¿A sus frívolos amigos? «Esto no tiene remedio», dijo en voz alta y el chofer, que pensó que hablaba del tapón, le aseguró «no te apure', manín, que más adelante la vaina afloja».

Eligió la maleta verde por un tema cromático. Quiso pensar que así como el verde complementaba el rojo, esta maleta le traería mejores suertes, un destino positivamente complementario al extraño y desesperado que la roja de su madre le había deparado en Cuba. Era una maleta Samsonite un tanto cara, de fibra, moderna y dura que, contrario a la roja, habría resistido la aventura con Vantroi, llena de vestuario y escenografía.

El empleado que se la vendió, un colombiano con braquets transparentes en los dientes, le dijo que la maleta estaba bacana y apretaba los labios de gusto mientras la abría como la falda de una amante para mostrársela por dentro. Argenis imaginó que todos al verla harían el mismo gesto y se decidió. Ahora que caminaba con ella vacía por la calle El Conde sentía lo bacana que era, lo que su compacto diseño le añadía mientras hacía con sumo cuidado la lista de los productos con los que la llenaría. El espacio era limitado y todo debía tener su importancia y significado. Como en una pintura. Quería llevarse materiales artísticos y vinos de calidad, ropa para regalar, quesos, chicles y chocolates, libros y revistas, cosas que debía comprar al otro lado de la ciudad, en el Supermercado Nacional y Plaza Central.

El celular que Niurka le había prestado sonó y lo sacó del bolsillo, vio que era su padre. José Alfredo lo había amenazado con llamarlo para conversar sobre unos temas. Argenis se cansaba tan sólo de imaginar los temas. Presentarle al presidente, un posible nombramiento. Ignoró la llamada y se detuvo en la esquina de la calle Hostos para coger un taxi. Una nube se vació como cubeta mientras el sol se ocultaba. Corrió con los demás transeúntes a resguardarse bajo el decrépito alero de un edificio art déco y de allí echó un ojo a la cafetería El Conde, a una cuadra de distancia, en la que había pasado todas sus tardes, a la sombra de viejos pintores, cuando estudiaba en Bellas Artes. Por entonces le gustaba aquel lugar porque era lo más cercano a la *Terraza de café por la noche* y, ahora que la lluvia había cesado y el agua hacía que los adoquines reflejaran la luz de los postes recién encendidos, se llenó con la emotividad que le provocaba pensar en el trabajo que había pasado el pobre Van Gogh.

Levantó pequeñas gotitas del suelo con las ruedas verdes de su maleta camino al café, descifrando desde lejos, como antes hacía, a los clientes sentados en la terraza para, camino a la mesa de los pintores, evadir la de los poetas, casi todos seudointelectuales decimonónicos con halitosis. La mesa de los pintores, junto a una de las entradas, estaba vacía y habían sustituido el antiguo cenicero hexagonal de metal con el logo de Montecarlo por uno redondo de vidrio barato. Entre las demás mesas revoloteaba Abreu, el camarero estrella, quien, a pesar de su pelo blanco, no había echado ni una sola arruga nueva. Al verlo, Abreu lo reconoció y le dijo «buenas noches, caballero; Céspedes está dentro».

José Céspedes era el único superviviente de aquella mesa redonda, los demás integrantes habían muerto, sin pena ni gloria, recordada su obra en pequeñas columnas sin foto que los editores de las secciones de cultura habían escrito a regañadientes. Estaba sentado a una mesita cuadrada para dos, cerca del baño y del abanico de techo del interior de la cafetería, con unas gafas de aviador Ray-Ban verdes demasiado grandes para una cara que había perdido toda su carne. Céspedes era una calavera, una calavera con sombra de barba y verrugas tan grandes que recordaban los grumos de algodón que se le escapan por los rotos a los peluches. Calvo, las orejas le colgaban enormes como un par de bistecs y el podrido cajuil de la nariz estaba lleno de poros negros gruesos como punta de lápiz. En dos sillitas que lo flanqueaban alguien había colocado dos cuadros para la venta. En ambos líneas temblorosas intentaban evocar la fachada de la catedral. No era el intento de un niño, era el logro de alguien que intenta pintar de la memoria o de un sueño con líneas sobre cuyo flujo ya no tiene control la vista. Céspedes se había quedado ciego.

Argenis se acercó al oído del pintor y susurró «maestro, soy yo, Argenis Luna». Céspedes sonrío y extendió una mano para tocarle la cara. La mano olía a orín, pero Argenis se dejó tocar la mejilla, contento de hacer que el viejo sonriera. Aquel saco de huesos le había hecho pasar tardes encantadoras, le había contado, como un cuento de hadas, la historia universal de la pintura, le había brindado cerveza, vino y cigarrillos, le había bendecido, había reconocido el talento que habitaba en él. Ahora, ya sin un centavo, con una camisa verde olivo sucia y hedionda sobre la que ya no ondeaba perfumada una pañoleta, Céspedes seguía inspirando en Argenis una gran benevolencia y una gran admiración. Pidió una Presidente grande y una caja de Nacional.

Elogió los cuadros y preguntó su precio. Céspedes le dijo que ya estaban vendidos y tragó seco, Argenis sintió que lo había ofendido y cambió el tema. Hablaron de los amigos muertos, de Ovando, de Piñal, de las muchachitas que según él todavía lo enamoraban, de las mujeres que le decían que él parecía que tenía cuarenta años. Argenis forzó la risa.

Abreu se acercó con la cerveza helada y dos vasos de cristal. Céspedes se buscó el encendedor con la mano abierta sobre el bolsillo de la camisa, Argenis se fijó en las uñas limpias que, al parecer, alguien le recortaba, el pintor encendió entonces el cigarrillo y la nicotina le quitó dos o tres años de encima. Argenis no podía dejar de mirar los dos cuadritos, con sus catedrales flotantes, con la solidez de esos animales, trenes y zapatos que dibujan en el cielo las nubes y que duran lo que tarda el aire en deshacerlos. Las pinturas de Céspedes, aunque figurativas, siempre habían tenido una consistencia ligera, gracias a que traducía el impacto excesivo de la luz tropical sobre la ciudad en áreas blancas, en espacios sin pintar. Allí donde pegaba el sol más duro se hallaba la nada. Santo Domingo, su tema favorito, era en sus cuadros un lugar luminoso y cristalino; quizá siempre ha estado ciego, pensó Argenis. Mientras el anciano tosía en un pañuelo, recordó una atípica serie verde, en la que Céspedes se retrataba tertuliando junto a otros pintores de fama internacional; José Luis Cuevas, Wifredo Lam, Warhol. Y una serie rosa en la que se retrataba con divas de la canción, pero sobre todo Cher, Céspedes estaba obsesionado con Cher. La tos no paró y Argenis pidió un poco de agua para su amigo. Cuando Abreu trajo el agua Céspedes se puso de pie sin parar de toser y la tiró al suelo sin querer;

hizo un gesto de ayudar a recogerla y Argenis pudo ver el asqueroso contenido del pañuelo.

La tos hizo que el viejo se sentara otra vez y Argenis se levantó para pagar la cuenta. Junto al cajero, Abreu le pidió que acompañara al pintor a su casa, él lo hacía todos los días, pero no estaban cerca de cerrar. «¿Es verdad que los cuadros están vendidos?», le preguntó Argenis. «No, mijo, llevan varias semanas ahí», le confesó el camarero. Regresó a la mesa, recogió las pequeñas catedrales de su maestro y las metió en la maleta verde, lo ayudó a ponerse de pie con las gracias, «upa, upa», que se le hacen a un bebé, y emprendieron el trayecto al taller del viejo, un taller enorme en la calle El Conde que Argenis siempre le había envidiado.

Las tiendas comenzaban a cerrar sus ruidosas puertas metálicas, la calle se llenaba de empleados en uniformes de distintos colores, tras la lluvia soplaba una agradable brisa. Céspedes se movía en silencio, arrastraba unos gastados Florsheim y Argenis no quiso interrumpirlo con estupideces, conocía el camino, poblado como siempre de bujarrones en jeans apretados buscando negocio con europeos, chicas góticas con piercings por todas partes y vendedores de maíz salcochado que pedaleaban la ruta de vuelta a Los Mina.

Llegaron al edificio, una sólida construcción de la época de Trujillo en la que alguna vez hubo oficinas de lujo y ahora vivían haitianos, prostitutas y Céspedes. Céspedes había comprado aquel apartamento en los setenta, cuando un galerista que atinó a colocar sus cuadros en las casas de la pequeña burguesía balaguerista le pasaba un sueldo en dólares. Era un espacio abierto, que en los cincuenta estuvo lleno de escritorios, con pisos de granito y amplios ventanales en el que Céspedes había pintado casi toda su obra. Al abrir la puerta los golpeó un bajo a mierda y a podrido, a Argenis se le revolvió el estómago. Aunque no la necesitaba, el viejo le dejó saber dónde estaba el interruptor de la luz. Había basura por todas partes, latas de habichuelas, botellas llenas de colillas, cartones de huevos. Debí haber bebido más antes de venir, pensó Argenis. Céspedes lo haló por la manga hasta el extremo opuesto del taller, allí circulaba el aire y de la calle subía la música de un colmado. Había varias piezas enormes recostadas contra una pared, el viejo tocaba con ambas manos a su alrededor para llegar hasta ellas y las fue tirando al suelo para mostrarle a Argenis la que había debajo, eran criaturas de su nueva oscuridad, el negro de su interior había reemplazado al blanco solar. Sombras de sátiros, garras y gallinas, manchas amorfas y, por último, una versión de Saturno devorando a su hijo que Céspedes había extraído como un tumor del fondo de su memoria. De cerca, el cuadro era abstracto; de lejos, se reconocía un balbuceo aguado de la obra maestra de Goya.

«Saturno se comía a sus hijos para que no lo destronaran», le dijo el anciano alzando la voz por encima del dembow del colmado. «Saturno era un hijo de puta, como Balaguer.» Entre oraciones, el anciano chupaba tan fuerte su cigarrillo que con cada jalada quemaba un centímetro del papel. «La mamá de Júpiter lo escondió en una isla y cuando éste tuvo edad castró a su padre», continuó. «Saturno sin su vitalidad se convirtió en un ser humano mortal y fue coronado rey en la tierra. Su reinado se conoció como la Edad de Oro», su tono era de sorna, «donde no había ladrones ni asesinos y los bienes se repartían equitativamente.»

El viejo le mostró el dedo del medio al cielo y gritó «¡Saturno, hijo e tu maldita mai!».

El pequeño celular de Niurka comenzó a sonar de nuevo. Era su padre. Prefería oler la mierda de Céspedes a dejarse morder por las ofertas de progreso de José Alfredo. Pensó en la teta de Niurka, en el trabajo con Mar. Pensó en los bucaneros que había pintado en Sosúa durante la beca. Le hubiese gustado mostrárselos a su maestro. Se acercó al anciano y lo agarró por la muñeca, le dijo «maestro, quiero mostrarle una pieza mía». Céspedes hizo silencio. Argenis cerró los ojos para verla mejor, y le fue diciendo «dos hombres desuellan un animal. Son bucaneros con camisones de hilo manchados de sangre, las manchas son ocres porque la sangre está seca, pero la sangre en el pasto a sus pies todavía no ha coagulado. Una plasta movediza de ocres y rojos se acumula sobre el verde sap del pasto, en ese charco la pintura ha sido aplicada directamente del tubo a la tela. Algunas hojas del pasto son muy precisas, como dibujos científicos y esa precisión en medio de la imprecisión remeda la forma en que la vista enfoca y desenfoca. La sangre en el pasto es la sangre de la vaca a la que abren de arriba abajo. El que la abre es un negro, a la derecha del cuadro, con un trapo morado en la cabeza y un arma de la época al hombro. ¿Una mosqueta? No, es un arcabuz. Es un negro de poderosos músculos, los músculos tienen algo goyesco, el pincel es grueso y aparenta descuido, pero ese descuido es fuerza bruta liberada por la mano del pintor, los músculos transmiten esa fuerza. Al otro lado de la vaca, está un muchacho de tez más clara, pelo largo y sombrero de felpa, se aferra a un extremo de la raja que su amigo ha creado y tira para despegar la piel, tiene un cuchillo entre los dientes. Los dientes, pequeños y cenizos, asoman contra el filo plateado, la luz se refleja molestosa en ese filo, los labios rozan peligrosamente ese filo. Las manos de ambos están hechas de gruesos puntos de luz, como los ornamentos de una silla en un Vermeer. La cabeza de la vaca, hecha con espátula como los rasgos de los hombres, cuelga hacia un lado, el negro sostiene una pata a la que dediqué todo mi empeño, Caravaggio hubiese firmado con gusto esa pata. Los pelos de la pata, maestro, qué gusto dan. En algunos extremos las cosas chorrean, porque derramé el hielo derretido de mi trago sobre la tela, pintaba con ella extendida en el piso y aproveché el accidente. Del hueco que abren a la vaca asoma una visión. Agua, agua clara y bajita como la de Boca Chica. Los bucaneros miran hacia el fondo de ese agua, como esperando algo».

Céspedes se quitó las gafas Ray-Ban y Argenis pudo ver sus ojos, glaucos como bolas de mármol. Lloraba. Abrió los brazos como un pájaro que expone sus alas mojadas al sol. Se dirigió a un archivo de metal con todas las gavetas abiertas y repletas de pinceles. Acarició las puntas, sacó unos cuantos y los devolvió a su lugar. Caminó luego hasta una mesa de trabajo cubierta con trastes sucios, tubos secos de pintura y facturas de luz y al palpar la superficie hizo que varios vasos plásticos usados cayesen al piso. En una esquina alcanzó por fin una caja de madera de puros Cohiba, la abrió y sacó un pincel. Era un pincel de ángulo de cerdas color miel. El anciano recorrió con los dedos el mango de madera color caoba, se acarició el mentón con las cerdas y le dijo a Argenis «compré este pincel en Italia en el 76, en mi único viaje a Europa, y juré dárselo a mi heredero cuando lo encontrara; es para ti, mi querido Argenis».

Del colmado subía ahora un bolero de Alberto Beltrán. Aquel desmedido sentimentalismo nasal era a la vez heroico y viril y Argenis sabía que lo recordaría cada vez que usase aquel regalo. El viejo le pidió que lo ayudara a acostarse, se agarró del brazo de su pupilo y lanzó pequeños quejidos hasta que alcanzaron la cama de espaldar de mimbre. Argenis le quitó los zapatos, lo ayudó a subir las piernas y le sacó con dificultad la camisa; mientras lo hacía, Céspedes le preguntó somnoliento «¿ya encontraste a la mujer del coño dulce?». Argenis no respondió y lo arropó con una manta mexicana que había sido naranja. El viejo roncó de inmediato sobre la almohada y su ronquido atrajo a una arrugada salamandra hacia la mesita de noche.

L uz de verdad. No la proyectada por lunas humanas sin propósito. No la que atrae a las polillas. Luz solar, inclemente, imposible mirar la fuente directamente, con los ojos abiertos, sin protección. Descendía milenaria sobre todas las cosas sin la piedad de las nubes, calentaba la tierra, atraía hacia sí el hambre de las plantas, cortaba con sombra el borde de los edificios, silueteaba la materia como un bisturí. De luz estaba hecha aquella mañana, de luz el aire caliente que entraba por la ventana del carro de su tía Niurka. Argenis sacó la mano para sentir el calor y la brisa, relajó la muñeca para que el aire empujara su mano, la deformara, bailara con ella.

Al fondo, en un mar color esmeralda, diminutos pescadores echaban redes rodeados de las chispas de oro que el misterio derramaba sobre el agua, sus cuerpos reflejaban también la bendición. Aquel exceso era motivo de queja, de maledicencia, de cansancio, cosechaba ampollas, infartos, podredumbre. Secaba los ríos, quemaba los bosques, indómito ángel de destrucción. En algunos puntos la luz era tanta que el asfalto se volvía blanco, como en los cuadros de Céspedes. La luz difuminaba el gris, convertía los carros en la distancia en vibraciones líquidas. Quería pintar esa luz, someterla.

A su lado, Niurka buscaba algo en la radio, pero la señal se había ensuciado y sólo se distinguían pedazos de palabras, las bocinas del carro gruñían como cuando un ovni está por aterrizar en un episodio de los *X-Files*. Su tía metió la mano entre su sillón y el freno de emergencia, sacó un sobre de papel manila y se lo pasó. El sobre tenía su nombre y estaba sellado, Argenis usó los dientes para abrirlo y dentro encontró un negativo. Era el negativo 6×6 de una Rolleiflex. «Te lo dejó Tony Catrain, Charlie le contó que estabas en el país», le dijo Niurka, «ése es José Alfredo en una manifestación en la Autónoma en el 69.»

Con el negativo entre el sol y su ojo reconoció a su padre. El entonces atlético mulato aparecía en blanco. Le tomó unos segundos identificar los objetos que lo rodeaban, eran gomas de carro cogiendo fuego. El humo que salía de las gomas quemadas era del mismo blanco transparente. Era un paisaje extraterrestre, como el que Neil Armstrong había hollado con sus botas aquel año. En aquel territorio extraño, igual de lejano que la Luna, José Alfredo luchaba contra el régimen de clase, contra la dictadura balaguerista, contra los esbirros que asesinaban a sus amigos. Extendía el brazo para lanzar una molotov hacia una fuerza policial que no aparecía en la foto. Exudaba la fuerza y agilidad de un Mohamed Ali y los ajustados pantalones y crispados bíceps podían pasar por los de Johnny Ventura. José Alfredo no era un estudiante, era un dirigente del Movimiento Popular Dominicano que había llegado a octavo curso. En aquel entonces era una especie de deidad viviente, se había entrenado en Cuba, conocía al Che y era amigo de Caamaño;

había reclutado a cientos de jóvenes para el bando constitucionalista durante la guerra del 65. La cicatriz que le cruzaba la frente se la habían hecho con un machete a los catorce años en una huelga, completaba la leyenda.

Devolvió el negativo a su sitio, la señal se limpió de pronto y escucharon al pastor de una emisora evangélica pidiendo donaciones para un hermano. Argenis estaba sereno y alegre gracias a los dólares que tenía en la cartera y a las cosas que abultaban su maleta y su mochila. Ropa nueva, comida, regalos. El celular que Niurka le había prestado sonó una vez más, era su madre. La escuchó unos minutos. Mientras más obsoletos se hacían sus consejos, más la quería Argenis. Se alegraba por él, se alegraba de que hubiese vendido unas piezas, pero no entendía por qué había rechazado la oferta de su padre. Es una buena oportunidad, asesor cultural en una embajada dominicana en Europa.

Cuando colgó apagó el aparato y lo metió en el bolso de Niurka. Como tenía tiempo se detuvieron junto a un coquero. El hombre echó el agua de los cocos en dos vasos de foam con hielo y les entregó la cáscara abierta para que se comieran la masa. Bajaron al arrecife y encontraron un par de piedras donde sentarse. La blanca masa volvió a recordarle los cuadros de Céspedes, la luz en todas las cosas.

«¿Por qué regresas a Cuba?», le preguntó Niurka, y él le dijo que tenía algo pendiente. Ella se puso de pie y abrió los brazos frente al mar, ceremoniosa, luego posó sus manos sobre la cabeza de Argenis, sin decir palabra, como había hecho su abuela Consuelo tantas veces, él no sabía qué hacer y fijó la vista en un enorme hormiguero. La vida bullía en aquel agujero, fluía como la sangre hacia dentro y hacia fuera. Algunas cargaban como esclavos inmensos trozos de coco, algunas trepaban por el lomo de trozos más grandes.

Al llegar al aeropuerto, Niurka le dio dos besos a la española, cosa que fuera de España sólo hacía cuando estaba borracha, y le deseó buena suerte. Sintió cómo su traje nuevo, el traje que le había hecho el sastre de su padre, atraía miradas de agrado. Se sintió sano y limpio, como si un detergente invisible lo hubiese sacudido por dentro. Al chequearse en el booth de Cubana de Aviación, la anacrónica cosmogonía lo saludaba en los uniformes de poliéster de las empleadas, en las insignias de diseño setentoso en sus chaquetas. Sintió una ligera aprensión y pensó en las hormigas y sus inmensas cargas. No iba a deshacerse de su pasado, iba a enfrentarlo. Iba a buscar a Susana.

En la fila de seguridad unos jugadores de béisbol hacían chistes obscenos y contaban anécdotas sobre la noche anterior. Aquellos enormes mulatos habían salido de la miseria gracias a que podían lanzar bolas a noventa millas. Recordó el negativo. ¿A cuántas millas iba aquella molotov? Al colocar sus mocasines de gamuza azul marino en la bandeja se le hizo un nudo en la garganta. El amor que su viejo sentía por él le llegó impoluto, como aquella bomba casera a los pies de la policía. Se vio los pies descalzos, pies planos por los que lo hubieran rechazado en el ejército, un par de pies que debían durarle toda la vida y que andaban porque él les ordenaba «anden».

AGRADECIMIENTOS

Con profundo agradecimiento a todos los amigos y familiares que apoyaron de una forma u otra la escritura de este libro: Raúl Recio, Miguel Peña, Miguelín de Mena, Bernardo Vega, Abilio Estévez, Viriato Piantini, Lorgia García Peña, Luis Amed Irizarry, Ruben Millán, Gonzalo Frómeta, Sebastián González, Daniel González y Noelia Quintero Herencia.

Esta obra se imprimió y encuadernó
en el mes de febrero de 2019,
en los talleres de Impregráfica Digital, S.A. de C.V.,
Av. Coyoacán 100–D, Col. Del Valle Norte,
C.P. 03103, Benito Juárez, Ciudad de México.